捧 读

触及身心的阅读

和古人
握手系列

和古文大师握个手

急脚大师 著

南方出版社
海口

图书在版编目（CIP）数据

和古文大师握个手 / 急脚大师著. —— 海口 : 南方
出版社, 2024.1

ISBN 978-7-5501-8552-4

Ⅰ.①和… Ⅱ.①急… Ⅲ.①随笔 – 作品集 – 中国 –
当代 Ⅳ.①I267.1

中国国家版本馆CIP数据核字(2023)第221610号

和古文大师握个手

HE GUWEN DASHI WO GE SHOU

急脚大师【著】

- -

责任编辑：	文　静
封面设计：	陈旭麟 @AllenChan_cxl
出版发行：	南方出版社
邮政编码：	570208
社　　址：	海南省海口市和平大道70号
电　　话：	(0898) 66160822
传　　真：	(0898) 66160830
经　　销：	全国新华书店
印　　刷：	宝蕾元仁浩（天津）印刷有限公司
开　　本：	880 mm×1230 mm　　1/32
印　　张：	8
字　　数：	178千字
版　　次：	2024年1月第1版　2024年1月第1次印刷
定　　价：	45.00元

笑着，笑着，就把古文读懂了

古文是语文课本中最令学生抓狂的部分，古文在语文考试中的分数占比也越来越大。如何让大家轻松搞定每一篇难懂的古文呢？如何在学习古文的同时，又能读到有趣的历史故事呢？

本书选取了中小学课本中的古文，用生动又通俗易懂的语言还原了每篇古文的创作现场，讲述古文大师的有趣故事，你会看到经典古文是如何诞生的，每篇古文中有哪些值得借鉴的写作技巧。并从全新的角度深入解读了历朝历代古文的发展、社会文化的变化。让大家听着生动的故事，笑着，笑着，就把古文读懂了。

在写作本书前，笔者阅读了大量古代文人的故事，已经对中小学古文进行了十多年的教授、分析与积累，深入研究了古代人才选拔制度对古文发展的影响。写作本书的过程中，笔者参考了很多历史资料，并做了大量的笔记，对一些在学术上有史实争议的地方也予以说明，并明确自己的推测与观点。对于古文的内容解析，笔者并非采用直译的方式，而是融入了笔者对古文的理解。因为个人能力有限，讲解的时候难免会有一些失误和偏颇，欢迎读者朋友们批评指正。

笔者想通过这本书将历史和古文有机地结合起来，无论是学生还是成人，都能通过读这本书，对古文产生浓厚的兴趣，对那些经典名篇有更清晰和深刻的理解。

目录

▶ **参考文献**

伯益等：
古代"玄幻小说"的开山鼻祖

——《山海经》（夸父追日；精卫填海）

在鼎上刻些小·故事当装饰

在上古时期，搞好农业是三皇五帝最重要的工作。舜继位以后，洪水泛滥，良田被毁，治理洪水成了迫切需要解决的问题。派谁去治理大水呢？

常年协助父亲鲧治理水患的禹成了最佳人选。他是黄帝的后代。那个时代，身为贵族意味着要承担更多的责任，有什么事都得冲在最前面。接到命令后，禹想，不去也得去啊！这可是一场人生大考，搞不好会像父亲一样，小命随时就没了。

当年，尧让大家推选有治水才能的人，众人以全票通过的方式举荐了鲧。鲧是中国历史上做"房地产开发（造城郭）"的第一人，也是"土木工程"专家。《世本》记载："鲧作城。"《吴越春秋》记载："鲧筑城以卫君，造郭以守民。此城郭之始也。"

可惜的是，鲧在治理洪水时用了"房地产开发"的思维，只用了一个办法：围堵！结果，他治了九年都未能彻底控制住水患，还被判了死刑。所以，工作时只有态度还不够，还得有方法。

父亲的死让禹在接到命令时心里发毛，先表个态吧！在出发前，他向舜帝表态："予思日孜孜。"意思是我每天都想对着洪水喊："努力，奋斗！"

表完态，他便放手开干！

禹先是深入分析父亲治水失败的原因，再与后稷等人商量接下来的对策。之后确定了基本方案：堵水不如引水。先疏通河流，再引水入海。方向一定，他便立刻找人跟进。他召集百姓，让他们跟着自己深入抗洪抢险第一线。

禹拿着各种工具，由西向东，蹚河过川，翻山越岭，一路测量地势的高低。这里做个标志，那里做个记号；这里怎么挖，那里怎么填，他都仔细叮嘱相关的人记下。他还合理分工，带着一帮人开山挖沟，疏通水道，把积水引入河流，再流向大海。

经过十几年的治理，禹终于消除了中原泛滥的洪水。因为治水有功，人们为表达对禹的感激，尊称他为"大禹"，意思是"伟大的禹"。

把中原地区的部落建成超级联盟的舜帝，在晚年深感体力不济，准备退居二线，那找谁来接替自己呢？儿子商均？他或许想过，但商均是个文艺青年，只知道搞音乐、跳舞，参加"部落好声音"的选拔倒还可以，让他治理朝政肯定不合格，弄不好小命还会呜呼！

选谁呢？在舜众多贤能的助手中，大禹的呼声最高。他既是贵族小王子，又是治水的大功臣，是个德才兼备的领导。那就把位置禅让给禹吧！

在舜的提名以及众部落的拥戴下，大禹正式即位。为了表示对前几任首领的尊敬，同时为了拉拢人心，他分封尧的儿子丹朱到唐国，分封舜的儿子商均到虞国。

但是大禹不像舜那样是通过层层选拔上位的，他只是通过了抗洪抢险这一项考试，所以在"试用期"时，江淮地区的部落就对大禹产生了抵触情绪，凭什么他做领导？

禹看到这种情况，觉得是宣传工作做得不到位，于是便请德高望重的皋陶出马。皋陶多次巡视江淮地区，极力宣传大禹的为人、功劳和本领：大禹是个好领导啊！你们看看，他全心全意地为大家服务，大公无私，舍小家保大家，跟着他干，有肉吃！有衣穿！还有房住！

江淮地区原本就消息闭塞，部落首领与百姓听到皋陶的宣传，刷新了对禹的认识，原来大禹那么伟大啊！让他做大哥，没有错！

自此，地位稳定的大禹开始专心治理国家。他根据对各地地形、习俗、物产的了解，把天下划分为九个州。又根据各地的实际发展水平，划分了纳税的等级。穷的地方可以向朝廷少进贡，富的地方要多向朝廷进贡。规定帝畿（都城）以外五百里的地方叫"甸服"，再外五百里的地方叫"侯服"，再外五百里的地方叫"绥服"，再外五百里的地方叫"要服"，最外五百里的地方叫"荒服"。

甸服、侯服、绥服需要分别向朝廷进贡不同数量的物品、负担不同的劳务。要服地区则不需要缴税，只需要接受朝廷的管教，遵守法制、政令即可。荒服地区，不强制推行朝廷的制度与文化，只需要服从朝廷的调遣就行。

大禹对不同的地区进行责任分工，合理科学。华夏大地渐渐脱离原始部落的样子，开始走上高速发展的道路。随着各个部落人口与财富的增加，部落联盟首领享受到的权力与财富也越来越多。吃得好，穿得暖，权力变大，人的私心也随之变重。即使大禹没有私心，他的儿子们也会有，现在可以靠父亲，将来父亲把位置禅让给别人后呢？

后来大禹老了，到了该选接班人的时候了，大禹却迟迟不肯让位，其他的部落首领认为他可能是想把帝位传给自己的儿子。

之后，大禹选择了皋陶，各方诸侯却并不买账。按理说，皋陶德才兼备，可为什么大家不愿意呢？因为皋陶不是"三好学生"，他的品德和学习没问题，只是缺一项："身体好"。他老得都掉牙了，哪有精力带领大家治理天下呢？过不了几天也许就会入土。大禹不肯把位置传给精力旺盛的贤人，就是有私心。一时间，闲言碎语四起。大禹陷入了信任危机。

大禹听说后，只能召开批评与自我批评大会。他在涂山召开诸侯会议，当着大家的面做了检讨：请大家放一百个心，我正在物色禅让的最佳人选。

涂山大会之后，诸侯们高高兴兴把家还，他们再也不怀疑了。大禹也率领群臣返回都城，可是刚走到半路，就传来皋陶去世的消息。大禹伤心地哭了起来。到达都城之后，他信守承诺，推荐伯益继承自己的帝位。

伯益这个人怎么样呢？

他曾是大禹抗洪抢险时的得力助手，曾经一边治理洪水，一边教大家利用地势种植稻谷。他很善于思考，发现地下有水后便反复试验，发明了凿井技术。这样一来，百姓们就不一定要把家安在江河边了，能够免遭洪水之灾。伯益始终谦虚低调，仁义为怀，他善于处理各种矛盾，后来还用非暴力的方式收服了未归顺的部落。

作为继承人，伯益当之无愧！

消息传开后，诸侯们感觉自己以前误会了大禹，为了表示对大禹的敬意和自己的忏悔，他们纷纷到都城阳城（今河南省登封市东南）献"金（青铜，那个时候的青铜属于贵重物品）"。

后来，九州诸侯进献的青铜越来越多，大禹就将其铸造成九个大鼎，分别对应九个州：冀州鼎、兖州鼎、青州鼎、徐州鼎、扬州鼎、荆州鼎、豫州鼎、梁州鼎、雍州鼎。九鼎象征九州，其中豫州鼎为中央大鼎，因为豫州是当时的中央枢纽。九鼎集中在都城，借以显示从此天下一统，九鼎也成了王权至高无上、国家统一昌盛的象征。大禹把九鼎作为镇国之宝，各方诸侯来朝见时，都要向九鼎顶礼膜拜，以此增加尊重中央王朝的仪式感。

夏朝、商朝、周朝三代都把九鼎作为象征国家政权的传国之宝，商朝曾对鼎的用法做出严格的规定：士用一鼎或三鼎，大夫用五鼎，诸侯用七鼎，只有天子才能用九鼎，祭祀天地祖先时行九鼎大礼。

九鼎就这样成了帝王专用的超级奢侈品牌，其他人只能膜拜，不能仿造与享用。

慢慢地，"九鼎"成了天子的代名词。"问鼎"指企图享用帝王专属品牌，夺取政权。

当初在铸鼎时，大禹很用心。他想，如果鼎就只是光秃秃的青铜器肯定不好看，上面总要弄点装饰图案吧？弄点什么好呢？

何不将治水过程中有趣的内容刻在鼎上呢？

于是，大禹、伯益等人根据记忆，在九个鼎上刻上各州最具特色的地理山川、草木鸟兽、奇风异俗、逸闻趣事。除此之外，伯益还通过其他方式将他们在治理洪水时碰到的奇闻异事记了下来，这些奇闻异事代代相传，又经过人们的改造，慢慢成了神话、鬼怪故事的素材，最终形成了《山海经》。

一不小心，大禹和伯益成了古代"玄幻小说"的开山鼻祖。

用故事解释自然，驱散恐惧

除了他们，还有一些人也直接或间接地参与了《山海经》的创作。

在上古时期，虽然没有正规的学校，但是人们仍有接受教育的地方。《礼记·王制》记载："有虞氏养国老于上庠，养庶老于下庠。"（"庠"原来指养羊的地方，是公家的家畜饲养所。）年轻男人出去打猎、打仗，女人在家缝补、做饭、带小孩，饲养家畜这种不太耗体力的活儿由老人做。实际上各个部落的家畜饲养所也因此成了"养老院"。在没有文字与书本的时代，老人积累了一辈子的经验与知识，他们便成了年轻人的老师，"庠"作为养老院与家畜饲养所的功能渐渐减弱，最后成了专门的教育场所。

上庠由"国老"担任教师，这些教师基本是禅让退位后的部落酋长或曾做过部落各种领导工作的老人，他们"退休"了没事干，便教导起领导的子弟们，给他们开设点"如何成为一个好领导""如何带领大家走出困境""怎样成为受欢迎的人"等成功学课程。上庠相当于后世的官办学校，人们在这里学到的知识相对更多。下庠由"庶老"担任教师，这些教师基本是每个家族中的老人，他们给年轻人和小孩子们开设"打'怪兽'的三十六个技巧""怎样成为一个打猎高手""养猪、养鸡完全手册"等实用课程，有点类似于后世的私立学校。在原始社会，生产力极为低下，自然灾害频繁，大家都在为吃喝发愁，这时便需要懂得多、善于解决问题的人来领导并团结众人，否则野兽、洪水等随时可能让一个部落灭亡。

为了提高上课的效果，老师们也会讲讲部落首领、成员在打猎过程中的奇遇，比如什么遇到妖魔鬼怪了，遇到野兽飞禽了；真实的，想象的……

大家在闲暇时刻，会通过讲故事来吹牛，你说一个，我说一个，故事越说越多；那些负责占卜的巫师等人，也会创造一些神人鬼怪的故事加入吹牛的行列，以增加自己的神秘感。看，我经常和神仙们亲密接触，所以我的占卜很灵！

因为战胜不了大自然，所以人们总是会想象出很多厉害的人物来代替他们实现梦想，比如夸父。

据说，夸父是幽冥神、地母后土的孙子，他体形巨大，仿佛一座高山。面对狼豺虎豹，也从来不怕。他会把凶猛的黄蛇抓过来，穿在耳朵上当挂饰。

他看见太阳每天从东方升起，从西方落下，心想：太阳晚上躲到哪里去了，我不喜欢黑暗，我喜欢光明，我要把太阳抓住，让它固定在天上，让大地永远充满光明。

他把他的想法告诉了族人，族人听后惊恐地看着夸父，您老人家疯了吗？追太阳哪那么容易？此去路途遥远，您不怕被累死？就算追到，您确定不会被太阳烤焦吗？

夸父摇了摇头，为了大家将来的幸福，我一定要抓到它，让它以后为咱们服务。

夸父闭上嘴，迈开腿，开始朝着太阳的方向跑去。他大步流星，犹如疾风，翻过了一座座山，跨过了一条条河。"砰砰砰"，大地被他沉重而急促的脚步震得左摇右晃。累了，他就打个盹儿；饿了，他就摘个果子。眼看离太阳越来越近，仿佛伸手就能抓到太阳。嘿，怎么喉咙里像火烧一样，水，我要水！口渴的夸父跑到黄河边，一口气喝光了黄河水；又跑到渭河边，一口气喝光了渭河水。可是，当他伸手去抓太阳时，又开始渴得要命。河水没了，哪里还有水呢？对，北边的沼泽地，赶紧去。

他一边奔跑，一边挥汗。可是，他越来越渴，身体越来越轻，忽然眼前一片漆黑，耳旁一阵轰鸣，"轰"的一声，犹如巨石撞地，重重地摔在地上。临死之前，他将手中的木杖扔了出去。木杖插入

一块有水源的地方，很快就生根发芽，长出了一大片郁郁葱葱的桃树林，这片树林后来成了过往行人最佳的遮阳场所。渴了、饿了，大家还可以摘几个鲜桃解渴、充饥。夸父死之前，还不忘为大家带来一丝希望。

这就是成语"夸父逐日"的来历，出自《山海经·海外北经》，现在比喻人有大志，有时也比喻不自量力。

在远古时期，人们在大自然面前常常显得无能为力，身边的亲人随时都有可能被渴死、饿死或因自然灾害而丧命，伤心难过的同时，他们迫切地想要征服大自然，憧憬着有神人帮忙。于是，便有了神话与传说。在海边居住的人，经常会遭遇翻船的危险，大家恨不得将喜怒无常的大海填成平稳的陆地，于是便有了"精卫填海"的故事。（成语"精卫填海"出自《山海经·北山经》。旧时比喻仇恨极深，立志报仇。现在比喻意志坚决，不畏艰难。）

百姓们看到长着茂密柘树的山上有一种飞鸟，它的外形很像乌鸦，但长着花脑袋、白嘴巴、红爪子，它经常衔着树枝和石子飞往东海。看到这种情景，大家便发挥想象力，编出了一个凄美的故事。

那只飞鸟是炎帝的小女儿，名叫女娃，曾在东海玩耍时，一不小心被海浪卷入了大海。女娃不甘心，于是死后化作飞鸟，每日站在山上，面朝大海，悲伤地叫着，发出"精卫、精卫"的声音。于是人们给它取名叫"精卫鸟"。悲伤没有用，它就想做点什么，想着如果能将大海填平，该多好。再也不会有人因此丧命了。于是，它经常衔着山上的树枝、石块往东海里扔，发誓要填平让它失去生命的大海。

这些故事被老一代的人讲给新一代的人听，新一代的人又讲给下一代的人听，代代相传，内容越来越丰富。有了文字和书写材料后，这些故事就被人记了下来，形成了完整的《山海经》。这本书包含上古地理、历史、神话、天文、动物、植物、医学、宗教以及人类学、民族学、海洋学和科技史等各个方面的内容，是一部上古社会生活的百科全书。里面的很多神话故事反映了当时人们内心的渴望与执着：即使我们在自然灾害面前无能为力，我们也不会放弃战胜它的希望，更不会放弃改造自然的决心。

到了春秋战国时期，随着生产力的飞速发展，很多人都在思考如何才能更好地改造自然与社会，加上竹简等书写材料的出现和改进，人们有了强烈的表达欲望。只要有知识的人都能著书立说，希望天子、诸侯等人接受自己的主张。

面对连年的战争，老子一声叹息，干吗天天打打杀杀的呢？清静无为，不好吗？

老子：
我不要飞得很高，我要像水向地底深处渗透

——《道德经》(《老子》四章）

下岗也不迷茫

　　春秋末期，宋国彭城，黑压压的楚国大军兵临城下，宋国司马（负责管理军队的马匹和军用器械的官员）老佐眼神坚定，誓与城池共存亡。突然，一支暗箭飞来，"嗖"的一下，正中老佐胸口，老佐坠马身亡。宋军一时乱了阵脚，四散逃亡。老佐的妻子已有身孕，在侍卫们的护送下，侥幸逃得性命。一行人来到一个村庄，老佐的妻子腹中胎动，疼痛难忍。看来肚子里的宝宝为了减少老妈的负担，要提前出来了，这可如何是好？她身边的人只得从村子里找来一个老妇人接生。

　　没多久，马车里就传出了婴儿的啼哭声。这个孩子身体很小，脑袋却很大，眉毛很宽，眼睛雪亮，耳朵特别长，所以他的母亲给他起名叫"聃（下垂，耳垂比较长）"。因为他出生在虎年，左右

邻居都称他为"小狸儿"，即"小老虎"的意思，所以，老聃又叫"李耳（谐音'狸儿'）"。

当然，这只是传说。李耳出生于春秋时期的陈国苦县（今河南省鹿邑县东。后来陈国被楚国所灭，又成了楚国的苦县）。从他小时候能够读书来看，他家里的条件肯定不差，因为在春秋时期，书籍是顶级奢侈品，普通人根本接触不到。小时候的李耳安静好学，什么知识都想学，他总是缠着大人问这问那。母亲一看孩子这么爱学习，那就请个好老师对他进行"一对一"辅导吧！

经过多方寻找，母亲请来了一个精通天文地理、知晓古今礼仪的"特级教师"——商容。面对眼前这个勤奋又聪明的学生，商老师确认过眼神，他就是对的人。于是，他将毕生所学传授给了这个孩子。随着李耳渐渐长大，他的学习能力和思考能力也越来越强，总是向老师提出各种各样难以解答的问题。商容听到这些问题，渐渐感到浑身出虚汗、腿发软，我这水平，已经没有资格担任小狸儿的老师了。他对李耳的母亲建议，周朝的都城里有很多书籍与名师，不如让我把他带去继续深造，怎么样？

犹豫再三，望子成龙的母亲还是选择含泪送走了儿子。

小镇少年来到了繁华大都市，进入了周王室的学校。哇，这里的老师知识好渊博，这里的书籍好丰富，天文、地理、人伦、历史、典章等，应有尽有。知识就在眼前，那还等什么呢？赶紧投入学习，把它们都刻入我的脑子里。

三年过去了，老聃（李耳，字聃）成了学识渊博的人，被任命为周王朝的守藏室史（相当于皇家图书馆管理员）。守藏室是周朝典籍的收藏之地，在那个书籍匮乏、没有纸张的时代，普通人得到一本书比登天还难，现在能免费看这么多书，老聃彻底放飞了自我。不把它们都读懂，根本对不起我这个职位啊！到哪里找这种天天看书还能拿工资的工作呢？

很快，勤奋好学的老聃成了周王室的"移动图书馆"。大伙儿都知道一个秘密：有问题，找老聃，他准能给你意想不到的答案。就这样，老聃成了老子（子是古代对人的尊称，常用以称呼老师或有道德、有学问的人），成了众所瞩目的"学术明星""道德楷模"。部分大臣看到后嫉妒得眼睛发红，你在这里，我们还有什么存在感？对老子的排挤、陷害随之而来。老子的守藏室史职位被免，他也光荣下岗了。

郁闷的他来到鲁国散心。有一天，他为朋友主持葬礼时，当时还是小年轻的孔子来向他打听周朝的礼仪制度、行为规范。一番交谈之后，孔子对老子的敬仰犹如滔滔江水，绵延不绝。

过了几年，周王室换了新君王，老子又被召回去，继续担任守藏室史。如此需要丰富学识的岗位，非您莫属！

正处于迷茫期的孔子特地前往都城，继续向老子请教各种问题，尤其是周朝的礼仪制度。老子知无不言，言无不尽。但是，他看着引经据典、夸夸其谈的孔子，心里犯起了嘀咕。这个年轻人的学问倒是不少，就是太好表现，生怕别人不知道他读书多，而且功利欲太强，一直把理想抱负、天下挂在嘴上。殊不知，你抱负越大，给别人造成的负担就会越重。我得点点他。于是老子说道："你提到的周朝的那些人早就不在了，他们的骨头都已经埋在地下化成灰了，只剩下他们的言论和制定的礼仪规范。我觉得吧，聪明的人应该懂得与时俱进，随机应变。时势和机会来了，那就好好利用；如果生不逢时，就应该退后一步。人最重要的不是把智慧表现在言语中，滔滔不绝不如深藏不露。抛弃你强烈的傲气和抱负吧！这些东西对你没什么好处。好自为之！"

孔子听后就蒙了，高人说话就是不一样，别人都夸我学识渊博，您却劝我低调行事，受教了。后来孔子的学生问他，老子是个啥样的人啊？比老师您还厉害吗？

孔子抬头看了看天，认真地说："凡人怎么能同他相比呢？我看过鸟儿飞，鱼儿游，野兽奔跑。至于龙，我却从未见过它是如何飞上高空腾云驾雾的。老子嘛，就如同龙一样。"

学生们也抬头看了看天空，崇拜地点点头，神人哪！

大约在公元前516年，周王室发生内乱，有个叫朝的王子迫不得已逃往楚国，临走前，他想着带点什么值钱的东西呢？人家楚王不收礼，收礼只收好书籍。用书做见面礼，楚王绝对开心。可是，他这一走，老子倒霉了。作为皇家图书管理员的他丢了这么多珍贵的书籍，还能干下去吗？

老子再一次下岗了。

这一次，他不再悲伤，也不再彷徨，因为他知道自己将来要干什么了。周王朝已经犹如猪大肠，腐臭不堪，我干吗还待在这里？咱要去云游四方，隐身民间，无名又如何？无功又如何？无为就是大有为。

老子做了一个重要的决定：离开周王室，出走函谷关。

与其盲目内卷，不如安静地躺平

老子来到秦国的边境函谷关，守卫这里的长官——尹喜听说名扬天下的老子正经过自己管辖的领地，激动得嘴巴直抖，偶像来了，咱得赶紧迎接！两人见面，一番交谈之后，尹喜更加兴奋，偶像果然名不虚传，听君一席话，胜读十年书。听说老子要隐居到别的地方，尹喜很是惋惜。不行，不能就这么放他走，得让他留下点什么。

于是，尹喜想尽办法拖住老子，好酒好菜，您慢慢吃，有事尽管吩咐。一天，他对老子说："您马上就要隐居世外了，无论如何也得写点什么给我吧！"

老子听完，点点头，好吧，看你这么热情，我就留下来再住几天，写点东西！他也的确有满肚子的话要说。当时，各国为了拿到"地皮"，进军其他国家的"房地产业"；诸侯们为了一己私欲，抢夺其他国家的财宝，都开始发展生产，壮大兵力，不断地对外发动战争。其实，他们都是打着漂亮的幌子干着抢劫、杀人的勾当，说是为了百姓的利益，不过是为了自己的私欲。国家之间一旦开战，势必会拼命搜刮百姓财物，加税、征兵。

想起那些搜刮民众、扩大战争的君王，想起那些拼命追求名利而祸害百姓的贵族，老子摇摇头，叹了口气，你们太能折腾了，好端端的国家，被你们折腾来，折腾去，弄得大家连喘口气的机会都没有，你们是不是该歇歇了？与其盲目内卷，不如安静地躺平。天天喊着治国平天下，就真的对社会有用吗？我过好自己的日子，不打扰别人，就是没用的人吗？

什么是有用，什么又是没用？什么是有为，什么又是无为？

针对一系列的疑问与思考，老子越写越多，一下子就写下了五千多字，这就是后来著名的《道德经》（原称《老子》，又称《道德真经》《五千言》）。现在的人可能觉得五千字不算什么，可在当时书写材料极其有限的情况下，能写下这么多字，已经非常难得了。

尹喜读后，被《道德经》的内容深深折服，只有这样的神仙才能写出如此优美、深刻的文字啊！他一边读，一边思考。

"车轮有三十根辐条，也得留出装车轴的空处，不然怎么能成为车轮呢？用陶土做成碗，中间必须留出空的地方，不然怎么装饭菜呢？想要建造房屋，就必须留出空处来装门窗，不然怎么住人呢？空的地方看似没用，可是，如果没有它们，车轮、碗、房屋这些看似有用的东西又如何发挥作用呢？所以，世界上的任何事物、任何人都有各自的作用，没有哪个东西、哪个人是无用的。

"踮起脚尖想提高自己的高度，反而站不稳；两步并成一步走想提高自己的速度，反而走不快；凭借自己之见想要判断事情，反而无法分辨是非；那些夸夸其谈、自视甚高的人有几个能真正立下功劳呢？有几个能走得长远？上面的行为用道的观点来看，就像剩饭、赘瘤一样，人们常常厌恶它们。想潜心修道，就得避免急于求成、自我夸耀等人性的弱点。

"能了解别人的人比较聪明，但是，能了解自己的，才是真正有大智慧的人；能战胜别人的人比较厉害，但是，能战胜自己的，才是真正强大的人；懂得满足的人，才是富有的人；努力不懈的人，

才是有志者；不失去本真的人，才能活得长久；身体虽然死了，但是精神和智慧依然留存的人，才是真正的长寿。

"我们容易忽略那些不为人知的细节，所以，做事时就要在事情还没出问题的时候处理妥当；想治理好国家，就要在祸乱产生以前，发现并解决小的危机。粗壮的大树，也是从小树苗长成的；耸立的高台，也是由一筐筐的土垒起的；千里的路途，也是从迈开第一步开始的。想要有所作为就会经受失败，有所执着的人将会遭受损害。圣人无所作为所以不会失败，无所执着所以不会遭受损害。我们做事时，常常在将要成功时，突然出现各种问题，最终导致失败。所以，无论什么时候，我们都要保持刚开始做事时的那份谨慎和渴望，这样才能成功。"（选自《老子》四章。）

老子想借这些"心灵鸡汤"让大家明白，地球少了谁都照样转，别把自己想得那么重要。真正有智慧的人不会违背自然规律，不会把自己的意愿强加在别人身上，不会为了刷存在感而扰乱万事万物运行的规律。君王们不停地折腾，只会弄得群臣无所适从、百姓疲惫不堪、国家乌烟瘴气。与其改变他人和世界，不如先改变、完善自己。

老子写完《道德经》，就向尹喜挥一挥手，告别函谷关的云彩，悄悄地走了，正如他悄悄地来，不带走一丝留恋。走吧，只要心静，到哪里都能得道。而他的坐骑———一头老青牛，却有点不舍。从此以后就要背井离乡了，它望着西边的故土，吼叫了三声。这就是"青牛吼峪"典故的由来。

从此，老子隐居世外，销声匿迹。据说，他回到了自己的老家，后来又去了秦国。孔子后来还专门到老子的住处向他请教学问。传言，老子活了一百多岁。可是，这些都只是传说。

　　神秘的老子因为一部顶级的"心灵鸡汤"——《道德经》而成了道家学派的创始人和主要代表人物，与庄子并称"老庄"；后来还被道教尊为始祖，称其为"太上老君"。《道德经》与《易经》《论语》被认为是对中国人影响最深远的三部思想巨著。

　　这部书因为年代久远、抄写错误等，后世人很难完整、深入地理解其中的意思，人们看来看去，也看不懂。不免要问，老子写的是个啥？

　　一个叫河上公（亦称"河上丈人"）的人深入研究过《道德经》之后，根据自己的理解对这部书进行注解，出版了通俗易懂的经典"《道德经》配套参考书"——《河上公章句》。大家读了这本书后，就能比较轻松地读懂《道德经》了。原来老子所说的清静无为，就是不要打扰百姓，让大家自由发展天性，最终便会国富民强，大无为才能大有为。

　　于是，跟随河上公学习的人越来越多。西汉初期的统治者也成了老子与河上公的小迷弟，他们纷纷主张清静无为、休养生息。没啥重要的事情，就不要轻易去打扰老百姓，给他们自由发展的空间，他们会带给你财富与尊重。

　　相比老子，另一个道家学派的人物更加神秘，他一激动，就会踩着云朵飞来飞去。

列子：
我的寓言不比《伊索寓言》差啊

——《列子》（两小儿辩日；杞人忧天；愚公移山）

有大智慧的人站得高，看得远

在庄子的著作中，有一位大神——列子，他动不动就腾空而起，乘风而上，到处旅游。据说，他老人家到哪里，哪里的树木就会长满绿叶、花朵，生机勃勃。他老是在空中飘啊飘，摇啊摇，想去哪里，踩着风就去了；想睡在哪里，就会停下来躺在那儿。

所以，后世的人不禁要问，到底有没有列子这个人啊？

有是有的，只是没有传说中的那么神。庄子的作品向来比较夸张，想象力极为丰富，所以里面的人物就显得有点虚无缥缈，让人觉得神乎其神。

列子的名字叫列御寇，战国时期的道家代表人物。相传他是郑国人，出生时间应该比庄子早，曾经跟随关尹子、壶丘子、老商氏等老师学习，非常刻苦自律。他曾学习射箭，没多久，就能一箭命中靶心了，于是他得意扬扬地和老师关尹子炫耀："怎么样，不错吧？"

关尹子摇摇头，淡定地说："你知道自己射中靶心的原因吗？"

列子一头雾水，说道："我不知道啊！"

"看来你还需要提高啊！"关尹子笑了。知其然，还得知其所以然，你都没仔细总结过射箭的技巧，就在这里夸夸其谈，不过是瞎猫碰到死耗子了吧！

列子有些羞愧，他明白了：学无止境。于是他又埋头练习射箭，并注意总结技巧。三年后，他再次向关尹子请教，说："老师，我现在知道自己能射中靶心的原因了。"

关尹子微笑着说道："不错，不错！你要牢牢记住，不仅射箭需要弄清楚原因，修身、治国也都需要弄清楚原因。"

在名师的教导和自己的努力下，列子的学问越来越精深，对于修身、治国也渐渐有了自己独特的主张和见解。他开始开馆收徒，教育年轻人。为了提高上课效率，他常常用各种有趣的故事来阐明大道理。

一天，孔子在路上遇到两个正在争辩的孩子，就好奇地问道："你们在辩什么啊？"

孩子们知道此人是大名鼎鼎的孔子后，就请求他做裁判，看看谁说得对。

一个小孩说："我觉得太阳刚刚升起来的时候离我们最近，中午的时候离我们最远。因为太阳刚出来时，像车篷盖那么大，到了中午却像个小盘子。平时我们看近处的东西时，觉得很大；看远处的东西时，觉得很小。那么，早晨的太阳最大，所以这个时候，它离我们最近。我说得对吗？"

孔子点点头，有道理啊！

"不对！"另外一个小孩打断了孔子的思考，他不服气地嘟着小嘴说道："太阳刚出来时，我们的身体还不感觉热。到了中午，我们身体就仿佛泡在热水里一样。太阳就像火光，我们离它近的时候，就会感觉热；离它远的时候，就感觉没那么热了。所以，太阳在中午的时候，离我们最近。"

孔子又点点头，这孩子说得也很有道理。

"您觉得我们哪个说得对呢？"孩子们焦急地问道。

孔子愣住了，我自己都弄不清楚的问题，总不能随便乱判断吧？虽然骗小孩并不难，但我并不能那样做。他只好双手一摊，肩膀一耸，咱也不知道，咱也不敢说。

列子用"两小儿辩日"的故事来说明学无止境，做人要谦虚、低调。

随着名气越来越大，列子并未去求个官做，而是隐居起来，继续教书。他觉得，做人就要内心清静，不被外界的事物和内心的欲望所牵累才能活得开心，长生不老。

他是这么想的，也是这么做的。

有一阵子，他赚不到钱，家里已经穷得揭不开锅了。一大家子人的肚子饿得"咕咕"叫，人也面黄肌瘦的。有人劝郑国的权臣子阳："列子是名扬天下的人，现在却在忍饥挨饿。您为何不帮助他，为您博得一个礼贤下士、重用人才的美名呢？"

有道理！钱能解决的事就不叫事，花钱买名声，我开心，我乐意。于是，子阳赶紧派人给列子送去了满满十车粮食。老弟，你拿去吃，不够我再送，记得给我点个赞哦！

列子看着送来的粮食却摇摇头，我不要！坚决不要！

他老婆发怒了，你脑子饿坏掉了吗？她气愤地说："你一天到晚学道，真正得道的人至少能让老婆、孩子过上快乐的生活吧？我们都快饿死了。你倒好，子阳大人送来的粮食你还不要，装什么清高啊？我真是好命苦啊！"

列子也不生气，笑着安慰妻子道："你以为他给我们送粮食是好事吗？子阳并不了解我，听了别人的一两句话，就送粮食给他并不认识的人，以后他也有可能因为别人的一两句话而误会我、怪罪我。因此，我不能接受。"你以为天下有免费的午餐吗？他是拿钱刷好评呢。

饿一点没关系，总有解决的办法。万一得罪权臣，咱们一家老小的命可就没了。

果不其然，一年之后，郑国发生动乱，子阳被杀，和他关系好的人也都被杀掉了。列子因为没有接受子阳的粮食而安然无恙。

真正有大智慧的人，总能比别人站得高，看得远。

内心清静才能活得开心

除了不被外界的诱惑所累，还要不被内心的焦虑所累。不要整天担心这，操心那，患得患失，那样活着太累了。

列子又写了一个悲催的杞国人的故事，这个人总是操心一些莫名其妙的事。

杞国人走路时，看着天空叹气："唉，天那么大，万一塌下来，岂不把我压扁了？"他又看看大地，"唉，地这么深，万一裂开了，我岂不是要万劫不复？怎么办啊？"

他越想越担忧，越想越害怕，堆满愁容的老脸好似干枯的树皮。他的一个朋友看不下去了，跑过来劝他："天不过是集聚起来的气体，它不就是我们呼吸的空气吗？你为什么怕它塌下来呢？"

杞国人一听又害怕了："天真的是气体集聚而成的吗？那日月星辰会不会掉下来？"

这家伙是不是吃饱了撑得慌？劝他的人很无语，只得说："日月星辰也是由气体集聚而成的，只不过它们是会发光的气体。即便掉下来，也砸不死人啊！"

哦，原来是这样啊！杞国人的心情稍微好了一些。可是，他低头一看，妈呀，地底下会不会特别深？会不会突然裂开？天是气体，地总不是吧？他又问道："如果地塌下去了，怎么办？"

大哥，你真牛！劝慰他的人摇摇头，继续解释道："地不过是堆积起来的土，它们把空的、深的地方都填满、填平了，所以很安全。你每天在地上蹦蹦跳跳的，它塌过吗？你担心个啥？"

哦，的确如此！杞国人笑了，从此再也不担心天塌地陷了。

列子用简单、有趣的故事阐明了深刻的道理：抛弃多余的担忧，才能心情愉快，身体健康。

列子主张清静无为、清虚冲淡，并不是让人什么都不做，而是主张人在干事的时候，要抛开不必要的杂念和干扰，不去理会别人的冷嘲热讽，专注于自己的内心和目标，如此，才会达成所愿。就好比那个移山的愚公。

太行、王屋两座大山，原本在冀州南边、黄河的北边。山的正对面，住着一个叫愚公的人，他九十岁了，依然精神抖擞，走路带风。一天，他想到全村人进进出出时，要么翻山越岭，要么绕道远行，很是费时费力，就做出一个考虑了很久的决定——挖掉两座大山。晚上，他进行了全家总动员："我想挖掉咱们前面的两座大山，让道路一直通到豫州南部，到达汉水南岸，怎么样？"

愚公的妻子不太理解，就凭你，一个快入土的老头儿？她说道："凭你这点精力，恐怕连小山坡都无法削平，还能搬掉两座大山？再说了，你把挖下来的石头和土放到哪里？"子孙们答道："扔到渤海边！"

愚公很开心，因为子孙们和自己一条心。统一了思想后，他们立即开始行动。他在子孙当中挑选了几个能够挑担子的人和他上了山。他们到了山上，用力地凿石挖土，之后一箩筐一箩筐地往渤海边挑。邻居中有个寡妇的儿子，只有七八岁，也撸起袖子过来帮忙。

河曲有个自以为聪明的老头儿听说了这件事，笑得肚子都疼了，世上还有这么傻的老头儿吗？他是在表演"挖呀挖呀"的选秀节目吗？难怪大家都称他为"愚公"，称我为"智叟"，谁叫我这么聪明，而他这么愚蠢呢？看来我得点醒这个榆木脑袋，于是他找到愚公，说："愚公啊，你太愚蠢了！就凭你这点走路都费劲的力气和所剩无几的时光，估计连山上的一棵树都动不了，还挖石头？"

愚公听后瞥了一眼智叟，这个世上不缺自以为是的建议和到处乱飞的唾沫星子，缺的是说干就干的行动和坚定不移的勇气。他叹了一口气说："你这人顽固得都不开窍，思想境界连我们村的孤儿寡妇都比不上。我说过我要一个人挖掉这座山了吗？将来我死了，还有儿子，儿子又生孙子，孙子又生儿子，子子孙孙无穷无尽，一代更比一代强。可是，大山不会生出儿子，不会增高变大，我们还担心挖不平它吗？"

智叟被驳得哑口无言，算你狠，我喝口酒，躲一边去郁闷。

山神听说了这件事，很是担心，怎么我住了这么多年的大山突然成了"违规建筑"了？看来这老头儿是要"强拆"我的家啊！以后我住哪儿？又能去哪儿？山神赶紧向天帝报告。天帝听后，被愚公的诚心打动了，嘿，是我当初"开发房产"的时候考虑不周，挡了他家的路了。于是，天帝马上命令大力神夸娥氏的两个儿子，去，你们把王屋、太行两座大山搬走，一座放在朔方的东部，一座放在雍州的南部。他们收到命令，很快就把两座山移走了。

从此，冀州的南部直到汉水南岸，再也没有高山阻隔了。

通过"愚公移山"的故事，我们可以明白，列子主张的虚静不是为了躺平，而是为了减少生活中不必要的内卷，将所有的精力集中到重要的事情上。他经过多年的努力和总结，写成了《列子》，创立了贵虚学派，被后世尊称为"冲虚真人"。

只可惜，这部书的内容在流传中丢失了不少，现存的版本可能是他的再传弟子及后世文人根据保存下来的资料重新编写的。

无论是老子，还是列子，都主张清静无为，做事不要刻意为之。但是，随着天下的纷争越来越多，有的人就主张积极作为，推行变法，不惜一切代价改变世界。

韩非子：
了解人性的君王才能治理好国家

——《韩非子》（三人成虎；守株待兔；讳疾忌医；郑人买履；老马识途）

怎样做一个"霸道总裁"

战国末期，在韩国都城新郑（今河南省新郑市）的一个贵族家里，韩非出生了。随着年龄的增长，家人发现这个孩子虽然口吃，但思路清晰，意志坚强，特别喜欢读书。他总是默默地研究商鞅、管仲、孙武、吴起等人的书。他还有一腔报国热情，立志要用自己的能力帮助韩国重振雄风。可是，这件事做起来哪有那么容易呢？

原本国力就弱小的韩国夹在大国之中，外有秦国虎视眈眈，内有贵族沉迷享乐。大臣们想着贪污受贿，百姓们想着赚钱逃税。

韩非看到这种情况，凭借其贵族的身份，接连上书韩王：国家这样下去可不行啊！

韩王看后摆摆手，你哪儿凉快哪儿待着去吧！

韩非的呐喊无人理会，不禁陷入了自我怀疑。唉，是不是因为我的学问不精，或是我的思想不深？要不找一个博学多才的老师请教一下？找谁呢？普通人也难入咱的法眼啊！

当时，大名鼎鼎的荀子正在楚国担任兰陵令（战国时期，万户以上的县的长官称令，不足万户的县的长官为长），他一边做官，一边收徒。他综合各家学说，去掉别家学说中不好的地方，吸收别家学说中好的地方。针对儒家孟子的"性善论"，他提出了"性恶论"。他是冷静而睿智的现实主义者，认为人性的恶起源于内心的欲望和野心，不是你想消除就能够消除的。但人性的恶并不可怕，心中有恶也并不丢人，而是要学会用适当的方式对恶加以控制。

治理国家时，既要让百姓懂得礼义廉耻，又要推行法治，礼治与法治结合才是控制丑恶、治理国家的最好方式。怎样才能让人懂得礼义廉耻呢？人们吃饱喝足以后，一定要接受教育，认真学习，于是他写下了《天论》。他认为"天行有常，不为尧存，不为桀亡"。地球离开了谁都照样转，天不会因为有人害怕寒冷就取消冬天的到来，地也不会因为有人讨厌路途遥远就改变它的辽阔，君子更不会因为有小人的指指点点就停止自我完善。

这些新奇的思想像吸铁石一样吸引着年轻的韩非。这些思想实用而不迂腐，新奇而不浮华。他决定，自己的老师就是荀子了！

荀子老师，我来也！

韩非跟着荀子学习"帝王之术"。在那里，他结识了来自底层的同学——李斯。两人虽然没有过多的交流，但是，同样的智商、同样的想法让彼此惺惺相惜。论文章，两个人的水平不相上下；论思想，韩非更胜一筹。那酣畅淋漓的文字中，韩非对社会独特深入的思考犹如长年埋在地底的甘泉奔涌而出，滋润着饥渴难耐的人们。李斯读着韩非的文章，心里很不是滋味，一个口吃患者，竟然能写出如此气势磅礴而又见解独到的文章！唉，好在他学成后要回韩国，不然就会和我抢工作。

跟着荀子，韩非学会了说理，懂得了人性，看清了世界。当年，子圉将孔子引见给了宋国的太宰。孔子走后，子圉问太宰，孔子怎么样啊？太宰斜瞟了一眼子圉，说："自从见过孔子，再看你这样的人，就好比跳蚤那么渺小了。孔子真是个人才啊，我要把他推荐给宋王。"子圉听后都抑郁了，怎么好端端地推荐个人，自己却被鄙视了呢？不行，绝对不行，孔子要是受重用了，我怎么办？于是子圉说道："您如果向宋王引荐了孔子，宋王看您也会像看跳蚤那么渺小的。"太宰听完后一身冷汗，是啊，你子圉的地位保不保无所谓，我的地位可不能动摇啊。

于是，子圉利用人性的弱点成功阻止了太宰。所以，君王也好，大臣也罢，看清人性，就能有效地控制并利用人性。

韩非和老师荀子一样，有一双冷静而锐利的眼睛，看什么问题都能一针见血。可是，无论韩非怎么劝，韩王依旧沉迷于享乐，任你描述得天花乱坠，我还是天天喝醉！

韩非抑郁了。不禁想，是不是可以像老师那样潜心写作，用文章来引起君王们的关注呢？在这世上总还能找到知己的吧！

举世皆浊我独清，众人皆醉我独醒。韩非痛恨国家到处都是夸夸其谈、不干实事的人，这些人满口仁义道德，实则自私自利，将君王的权力渐渐架空，弃国家于不顾。而那些不辨是非、沉迷享乐的君王却始终相信那些人，怕是要等到他大权旁落、说话无用的时候，才会缓过神来。哎呀，我怎么被迫下岗了呢？

上书、呐喊都无人理会，韩非陷入了深深的孤独中，生出了强烈的愤慨，将心头的怒火写成文字，便有了《孤愤》。发完牢骚，还得继续给国君提建议：如何做一个优秀的君王呢？什么样的人不能用，什么样的人要重用呢？

明智的君王不能一直守着老祖宗的那一套，而是要根据时代的发展，采用不同的方法。远古时期，有人想出在树上搭窝棚的办法，让人们躲避猛兽、虫蛇的侵害，大家就推举他来治理天下，称他为"有巢氏"；有人用钻木取火的方法生火烧烤食物，让人们的身体更加健康，大家就推举他做领导，称他为"燧人氏"。后来又出现了尧、舜、禹、汤等，这些人都是那个时代的优秀君王。但是，如果还用之前的标准来衡量现在的君王，岂不让众人笑掉大牙？难道我们还要崇拜在树上搭鸟窝的人吗？还要羡慕钻木取火的人吗？

优秀的君王不能照搬以往的经验，不能守着陈规陋习，否则和"守株待兔"的人有啥区别？

有个宋国人在田里耕种时，突然一只急速奔跑的兔子撞到了田里的一根树桩上，"咔嚓"一声，脖子断了。宋国人拎起死掉的兔子，笑了，好家伙，晚上可以美美地吃一顿了！突然，他的大脑灵光一闪，嘿，如果我每天守在这里等兔子撞上来，岂不就发财了？我还拼命耕田干啥？我这智商，太牛了！

于是，宋国人每天蹲在树桩旁边，耐心地等着兔子撞上来。结果，兔子没等来，他硬生生地把自己等成了笑话。

如果按照这种思维来治理当今的天下，怎能不失败？为了更好地说理，韩非经常在文章中加入一些有趣的寓言，这些寓言有些来自别人的著作，有些来自民间，有些来自神话传说，有些则是他自己的原创。

作为君王，除了要与时俱进，还得善于辨别哪些人对国家有害。有些儒生虽宣扬仁义道德，讲究礼仪规矩，却扰乱法令，动摇君王之心，犹如"蛀虫"一般。为什么这么说呢？楚国有个品行很好的人，他的父亲偷了人家的羊，他就跑到官府去揭发。官员却认为他对父亲不孝，竟判了他死罪。鲁国有个人上战场打仗，每次都会逃跑。孔子问其原因，他说自己家有一个年老的父亲，如果自己战死，父亲也会饿死。孔子觉得此人乃是大孝子，不仅赦免他的罪过，还举荐他做了官。如果凭借所谓的仁义道德就随意违背法律，以后谁还会告发坏人坏事呢？谁还会勇往直前地打仗呢？编理由、当逃兵，谁不会？

韩非觉得儒家用仁义道德的标准代替法律准绳，是愚蠢的、错误的。

除了儒士，还有招摇撞骗、煽风点火的纵横家；标榜气节、触犯法令的游侠、刺客；逃避兵役、依附权贵的门客；囤积居奇、倒买倒卖的商人。这五种人好比五种蛀虫，肆意践踏国家的法律和君王的尊严，不清除的话，天下将永无宁日。

这就是韩非所写的著名散文——《五蠹》。他在这篇文章中提倡君王要明辨是非，手握大权，推行法治而不是人治，打击一切破坏法律的行为与个人，否则，国家迟早会成为一个空架子。

才华致他把命丢

一个好的君王，除了要推行法治，还要倾听来自各方的意见，从细微之处发现事情可能出问题的端倪。否则，就会像蔡桓公那样，不听扁鹊的劝告，最终不仅病死了，还留下了"讳疾忌医"的笑话。

当年，神医扁鹊来到蔡桓公的宫殿，看了一眼蔡桓公的面色，说："您的身体有病啊，但现在还不严重，如果不及时医治，恐怕就会严重起来。"蔡桓公不乐意了，我好端端地请你来"宫中一日游"，你却说我有病，我看是你脑子有病吧？于是蔡桓公不高兴地说："寡人身体棒棒的，没病！你的脑子蠢蠢的，有病！"

扁鹊走后，蔡桓公还不忘讽刺他一下："名医？呵呵！从健康的人身上挑毛病，显得自己了不起吗？可笑，真可笑！"众大臣纷纷附和，大王说得对，名医？什么玩意儿！

过了十天，扁鹊提着药去见蔡桓公。蔡桓公正坐在花园里欣赏风景。扁鹊仔细看了看蔡桓公的脸色，忧心忡忡地说："主公，您的病已经发展到肌肉里去了，再不赶快医治，就会更严重了。"

蔡桓公不高兴了，我今天本来心情很爽，被你这乌鸦嘴弄得一点兴致都没了，懒得理你！大门就在你的后面，慢走，不送！扁鹊只能摇摇头，走了。

又过了十天，扁鹊再一次见到蔡桓公，直接说道："您的病已经侵入肠胃了，再不医治，可就来不及了。"蔡桓公脸色漆黑，什么神医？我看你就是个骗钱的庸医，逮到有钱人就想狠敲一笔！咱有的是钱，就不让你赚！我这段时间能吃、能喝又能睡，哪里来的病？送你一个字：滚！

扁鹊只得叹息一声，耸耸肩膀，算了，你不听，我也没办法。

又过了十天，扁鹊第四次见到蔡桓公，可一看到他，扁鹊扭头就走。蔡桓公感到很奇怪，嘿，这家伙怎么不咒我了？他派人追上去问原因，扁鹊两手一摊："他老人家的病我治不了了。病在皮肤里，用热水一敷，就可治好；病在肌肉里，用针一扎，也能治好；病在肠胃，吃几服汤药，也可以治愈；病到骨髓里，神仙也救不了了！"

蔡桓公依旧不相信，寡人精神抖擞，吃饭有酒，哪里有问题了？你走吧！一天到晚神神叨叨的。

结果，不到五天，蔡桓公就感到浑身剧痛，吃饭不香，觉也睡不好，躺在床上起不来了。这时他才想起扁鹊的话，哎呀，真是神医啊！竟然能预测到我的病，赶紧叫他过来。

结果，众人找来找去，就是找不到扁鹊。

算准了蔡桓公的病无法医治，扁鹊早就打包行李，逃到秦国去了。能治好的时候，你不让我治；没法治的时候，我干吗去送死？

蔡桓公就这样死在了自己的无知与自大上。

所以，君王要认真听取别人的意见，绝不可讳疾忌医。但是，各个方面的意见却未必都要听从。因为有很多是夹杂着个人私利的意见，有的是落井下石借机陷害他人的意见，也有的是胡编乱造而

乱人心神的意见，那如何才能明辨是非呢？

韩非又用生动的故事阐述了自己的观点。针对臣下的言行，不能只用耳朵听，还要用眼睛看，暗中观察他们的行为，全面听取各方面的意见。否则，偏听偏信，不加分辨，就会被人蒙蔽。就好比"三人成虎"中的魏王。

春秋战国时期，两个国家为了获取信任，就会交换公子（王子）——你的儿子到我们国家来，我的儿子到你们国家去，这样的公子被称为"质子"，其实就是人质。如果哪个国家说话不算话，就可以杀掉对方的人质。质子的作用同因和亲政策而嫁的公主差不多，都是出于政治的需要。

魏国有个叫庞葱的大臣，奉命陪魏国的太子到赵国都城邯郸当人质。考虑到此番远行必定会有很多流言蜚语，在出发前，他对魏王说："大王，如果有人告诉您，街市上有一只老虎，您相信吗？"

魏王一听，心想大街上怎么会有老虎呢？就肯定地回答："当然不相信。"

庞葱又问："如果又有一个人告诉您，街市上果然有一只虎，那大王信吗？"

魏王想了想："这就得考虑一下了！"

"如果有第三个人说同样的话呢？"庞葱追问。

"这么多人都说，那应该是真的了。"魏王回答。

听到这里，庞葱觉得可以说出自己想要说的话了（古人挺有意思，说心里话之前先给你讲个小故事，让你放松警惕）："街上本没有老虎，说的人多了，便有了虎。如今我与太子远去他乡，千里之外，邯郸到大梁比从皇宫到街市远得多，而毁谤我和太子的人肯定不止三个。如果他们说我和太子的坏话，您会信吗？希望您到时能明察秋毫。"

魏王想了想，是这么个道理，就坚定地说道："知道了，我心中有数！"

庞葱和太子前脚刚走，后脚就有人说他们的坏话了，甚至有人说庞葱意图拥立太子，怀有二心，图谋不轨，到时会借他国的力量反攻魏国。魏王一开始还想着"三人成虎"的故事，后来听到这样说的人越来越多，心里就开始发毛，庞葱是不是此地无银三百两呢？是不是提前给我放"烟雾弹"，暗地里真的图谋不轨呢？一连串的疑问，让他心里也没底了，于是命令太子结束人质生活，尽快回国，对庞葱也不再重用。

其实，庞葱并没有什么二心，但流言最终还是打败了魏王对他的信任。

说的人多了，就能将谣言变成事实。作为君王，要学会分辨什么是谣言，什么是真话。要逐一征询每个人的意见，用他们的话来印证其他人的话；还得督促他们付诸行动，不能只看他们怎么说，还得看他们怎么做。否则，就会产生一批"滥竽充数"的人。

有的人喜欢听钟鼓乐，有的人喜欢听竹笛音，齐宣王却喜欢听吹竽（一种乐器）。国君的爱好自然会带动一批人就业，皇宫里会集了三百多个善于吹竽的乐师。齐宣王钟情于大场面——三百人一起吹奏，听来气势恢宏，让他很有唯我独尊的感觉。

听说为齐宣王吹竽的那些人天天吃香喝辣，有个叫南郭的人心中直痒痒，这样的生活我也想过！可我不会吹竽啊，吹牛倒是很行！现在学吹竽？哪还来得及啊？

怎样才能快速混入乐师队伍中呢？

他灵机一动，群体演奏，有机可乘！

南郭毛遂自荐，对齐宣王吹嘘说："大王，我可是个吹竽的高手，我吹起竽来鸟兽会翩翩起舞，花草听了也会欢快地摇摆。如今能遇到大王如此懂竽的人，实乃三生有幸。我想要加入吹竽的队伍，将毕生所学献给大王。"

这个南郭要么是摸准了齐宣王的脾气，要么就是个赌棍，赌自己命大。齐宣王听了南郭的吹嘘，心花怒放，他想都没想，试都没试，就爽快地答应了，去吧！好好吹！

南郭就这样轻松地进入了乐队，吹竽哪比得上吹牛？哈哈！

从此，他充分发挥自己与生俱来的表演才能，每逢演奏时，他就装模作样地捧着竽，别人摇晃身体他也跟着摇晃，别人摆头他也跟着摆头，脸上露出无限陶醉的表情，看上去比那些会吹竽的人还要投入。靠着精湛的演技，他瞒天过海，拿着宫廷的高工资，开心地在民间高消费。

可是，出来混总是要还的！

过了几年，爱听合奏的齐宣王死了，他的儿子齐湣王继承了王位。他引入了竞争机制，要求乐队的人轮流吹竽给他听，吹得好的有奖赏，吹得不好的有巴掌！

南郭先生慌了！虽然他在乐队中混了几年，但从不对竽做深入研究，一听要独奏，急得冷汗直流。晚上也睡不着，心想，我是靠演技而不是靠演奏技术混饭吃的，这下岂不是要露馅了？和老百姓吹牛顶多被骂，和大王吹牛脑袋会被砍的！

三十六计，走为上计。天下之大，凭我一身的表演才能，应该还能混口饭吃，齐国待不了，不还有其他国家嘛！于是，他连夜收拾东西逃跑了。

一个好的君王，除了要明辨是非，还得懂随机应变，不然就成了"郑人买履"。

一个郑国人要给自己买一双新鞋子，他用一根小绳子量好了脚的尺寸，就开开心心地出门了。

他来到一家店铺前，店主拿了几双鞋子给他看，他看中了一双，就去掏绳子，想量一量新鞋的大小，看看合不合脚。结果找来找去，都找不到绳子，怎么办呢？嘿，瞧我这个脑子。于是他赶忙向店主说道："不好意思，我的尺码绳忘记带了，不知道买多大的鞋子。稍等，我去去就来！"

店主以为他是给别人买鞋子，也就没在意。郑国人一路狂奔回家，找到了小绳子，嘿，就是你，害我买不成鞋子。等他满头大汗地回到集市时，店铺都关门了。郑国人垂头丧气地说："唉，为何不能多等我一分钟？"得知情况的路人哈哈大笑："老兄，你老人家自己买鞋，还要绳子干吗？穿上感受一下不就行了？"

郑国人摇了摇头，什么话？他一板一眼地说道："我只相信测量好的绳子，不相信我的脚啊！"路人听后一脸蒙，这家伙的脑子是不是被绳子缠住了？懒得和你辩！就这样，郑国人硬是把自己整成了人人皆知的笑料。

普通人不会变通，就会被人嘲笑；君王不懂变通，就会被时代抛弃。只有加强自我修养，不断地向他人学习，才能跟上时代的步伐，如同"老马识途"中的管仲、隰朋。

春秋时期，管仲、隰朋跟随齐桓公去攻打孤竹国，春季出征，冬季返回，结果一不小心迷了路。学识渊博的管仲看了看队伍里最老的马，虽然它已年老，但是经验丰富，熟悉环境，让它在前面带路，肯定行！老马果然不负众望，将大家带出了绝境。

后来，一行人走到山里时没有水喝，渴得要命。隰朋仔细观察地下，看到了一个很高的蚁封（蚂蚁洞的封口），既然这里有这么多小蚂蚁居住，往下深挖，肯定能找到水源——小蚂蚁们不会将家建在没水的地方的。果不其然，大家在蚂蚁洞旁挖到了水源。

管仲、隰朋这样聪明的人，都愿意低下头来向老马、蚂蚁学习，我们还有什么资格不向他人学习呢？再厉害的人，都不可能拥有所有的知识和技能，只有不断地向他人学习，才能完善自我，懂得更多。

韩非经过广泛阅读，不断写作，将大道理与小故事结合起来，生动形象地表达自己的观点，渐渐地，他对"如何成为一个好君王"的帝王之术，有了一套独特而深入的理解。君王嘛，就要变法图强，以适应新的形势；就要手握大权，以便推行自己的主张。

他的书籍与主张虽然没能得到昏庸的韩王的关注，但是墙里开花墙外香，竟得到了秦王嬴政的大力点赞。秦王看了流传到秦国的韩非著作之后，拍案而起，好手笔，好见解，明明白白地说出了我的心声，他咋么理解我呢？咋这么对我的脾气呢？嘿，我若不能得到这样的人才，岂不是要遗憾终身？

他是谁？哪里人？我要得到他！立刻，马上！

一旁的李斯心里犹如打翻了醋坛子，韩非来了，我的人生的冬天还会远吗？我还能享受现在的一切吗？大王还会继续重用我吗？他对这位才华出众的老同学既爱又恨。可是，大王问起了此人，即使我不回答，他迟早也会通过其他渠道把韩非找过来的，那样我岂不是更被动？唉，还是先主动推荐韩非吧，等他来到秦国，我再暗中弄死他，神不知鬼不觉，谁也不能把我怎么样！

李斯便向秦王说道："此书的作者乃是我的老同学韩非。"

哦？你怎么不早告诉我？秦王迫不及待地想要见到韩非，他立即下令，我要得到韩非，干掉韩国。韩王急了，韩非算个啥？不就是要个人嘛！何必动刀动枪呢？送给你就是了。于是，韩王派韩非出使秦国，去吧，小韩，好好跟秦王交流交流，你如果想在那里工作，我也绝不拦你。

秦王大喜，终于等到你了。他与韩非交流治国理政的方法，相谈甚欢。但是韩非为了韩国的利益，极力劝说秦王先讨伐赵国，缓些日子再攻打韩国。

一旁的李斯眼睛一亮，终于抓到你的小辫子了，哼哼！他拉上自己的小伙伴姚贾建立了"搞死韩非特别行动小组",伺机在秦王面前挑拨离间，陷害韩非。他韩非乃是韩国的贵族，怎么会甘心为秦国服务呢？他提出缓些时间攻打韩国的建议，无非是想给韩国留出做准备的时间，他的心可不向着您啊！如果您要是让他回到韩国，就是放虎归山。他回去以后辅佐韩王对抗您，会有什么后果？

秦王听完也蒙了，对啊，重用韩非不行，放回也不行，该怎么办呢？

杀！杀之以绝后患。李斯、姚贾极力怂恿。

秦王头脑一热，对，重用，他未必有真心；放回，岂不增加敌人的实力？杀了他才是最好的选择。

李斯兴奋得小心脏直跳，赶紧命人给韩非送去了毒药。喝了它吧！不然，会死得更痛苦。

韩非抑郁了，秦王怎么说变就变呢？昨天还对我频频点赞，今天就对我痛下杀手。不行，我要讨个说法，我要见秦王，向他说出我的想法。

李斯露出阴冷的笑容，让你见秦王？那岂不是给我弄出一个实力派政敌？喝吧，咕咚一口，把你送走！

秦王嬴政并不是昏君，他越想越不对劲，我下令攻打韩国，不就是为了得到韩非吗？得到韩非，不就是为了让他帮我统一天下、管理国家吗？怎么能突然杀掉他呢？有问题，肯定有问题。他立即下令，赦免韩非。可是，为时已晚，韩非已经死在了狱中。

秦王发出一声叹息，他看了看李斯和姚贾，没有说话。总不能为了一个韩非就把两个兢兢业业的重臣打入大牢吧？况且他们两人虽然嫉妒心重，但也很有才！算了，死一个韩非也不算什么，能读到他的著作就好了，书籍是我进步的阶梯嘛！最终，秦王借助韩非的法家思想与政治见解，实现了富国强兵，统一天下，成为历史上著名的秦始皇。

后人将《孤愤》《五蠹》《内储说》《外储说》《说林》《说难》等文章收集、整理到一起，编成了《韩非子》。

但是，秦王并没有完全理解韩非的思想。韩非曾经明确地提出法律面前，人人平等，秦王只想着对别人施加刑罚，自己则凌驾于法律之上，施行苛政，最终导致秦二世而亡。所以，到了西汉初期，清静无为成了大家的共识，《淮南子》为西汉前期的成功统治和春秋战国的黄老思想做了精彩的总结。

刘安：
我要通过写书来安放激情燃烧的青春

——《淮南子》（神农尝百草；后羿射日；塞翁失马）

我辛苦编书，你却拿来做摆设

年轻的刘彻刚刚即位，心中热血沸腾，终于轮到我上场了吧！我要打造一个全新的王朝，尝尝一个人说了算的滋味。

可是环顾周围，没有自己的人，只有以太皇太后窦猗房、皇太后王娡为代表的外戚势力，自己每天还得向太皇太后奶奶汇报工作。更糟的是，太皇太后只喜欢黄老"无为而治"那一套。无为而治？休养生息？那我这个皇帝还有什么存在感？像秦始皇那样前呼后拥、一言九鼎、杀伐果断才是做帝王的乐趣嘛！

而此刻，世袭贵族、王公外戚把持着中央政权，他们自以为是，想给皇帝面子时就敷衍两下，不想给皇帝面子时根本懒得理他。刘彻想要做点事时，感觉束手束脚，不是大臣不听话，就是太皇太后常发话，这样做皇帝还有什么意思？

为了能自己说了算，汉武帝刘彻迫不及待地下诏"招聘"人才。他亲自出题，提出了三个高难度问题，问题的核心是：如何才能做一个说一不二的老大？

针对汉武帝的三次策问，有个叫董仲舒的儒士进行了三次精彩的回答，他系统地提出了"天人感应""大一统"学说和"罢黜百家，表彰六经"的主张，这就是历史上著名的"天人三策"（提出"天人三策"的年份有争议，一般认为是在建元年间提出来的）。

董仲舒第一次提出皇帝就是天子，是上天派下来管理众人的，谁不听皇帝的话就是和老天过不去。从上到下，人人都要懂得尊卑贵贱，都要讲究礼仪规范。这样社会才会安定，皇帝的统治才能稳固。用文化专制促进集权专制，皇帝听了自然笑哈哈。

天下只能有一种思想、一派学说，考试、教育、培训都只能采用儒家课本，其他诸子百家的思想统统靠边站。思想统一才能团结百姓干大事，独尊儒术才能避免吵吵闹闹乱心神。适当地改造儒家学说，为帝王发声，为统治服务，其他学派的反对声该停止了。

对于迫切想要干事、收揽大权的汉武帝来说，"天人三策"招招说到了他的心坎儿里，条条迎合了他的心意。"大一统"理论开启了汉武帝一人之下、万人之上的权威爆棚模式。我就是上天派来统治苍生的，你们都要乖乖听我的话，谁不听，我就代表上天消灭他。

年轻的汉武帝急切地需要通过造势来完成自己的封神运动，因为继位的偶然性让他的内心始终耿耿于怀。汉景帝最初册立栗姬所生的长子刘荣为太子，第十个儿子刘彻被封为胶东王。原本没有任何竞争实力的刘彻，后来却阴差阳错地坐上了皇帝的宝座。如今，一系列的问题摆在眼前，刘彻迫切需要抬高自己的身份，名正才能言顺，言顺才能事成，而董仲舒刚好提出了完美的解决方案。

但是，当时朝廷的权力基本掌握在窦太后手中。汉武帝刘彻虽然进行了雷声很大的改革——"建元新政"：兴儒学，除弊政，打击外戚，任用亲信，但是这项改革打击了皇亲国戚们的利益。他们天天跑到窦太后那里告状，再让你孙子搅和下去，国家就要完蛋了，您的地位也保不住了。

窦太后听后，火了，原本是让你小子历练历练，你却打算让我做陪练！真是没大没小，不知道天高地厚，搞什么儒学？祖宗们休养生息的政策都快被你小子搞坏了。于是老太太雷霆出击，撤掉了孙子刚刚组建起来的领导班子，"建元新政"随之失败。

而在此之前，楚国古都城，安徽寿县，淮南王刘安仰望天空，心中充满了疑惑。十六岁就被封为淮南王的他，性格安静，才思敏捷。"七国之乱"后，朝廷对诸侯国的监视变得日益严密，未来的路该怎么走呢？沉迷声色？那跟动物有啥区别！发展实力？岂不要招来皇帝的猜疑！青春的荷尔蒙该如何释放？该如何治理好淮南国？又该如何让年轻的汉武帝明白，不靠儒家那一套，不拼命折腾，也能做一个好皇帝？

如何才能解决摆在眼前的这么多问题？

对，何不效仿吕不韦，召集饱学之士编写一部书！这样既能安放激情燃烧的青春，又能指导自己治理地方，还能让皇帝明白搞儒学那一套没必要，自己还能流芳百世，被人敬仰。

可是到哪里找能够共同编书的人呢？

只要做到以待遇留人、以感情留人，就不愁招不到人才！

很快，名声在外的淮南王刘安发布了"招聘公告"。没过多久，各地的道家、法家、儒家、阴阳家、纵横家等各家人才聚集而来。其中有名的有李尚、左吴、雷被、毛周、伍被等八个人，人称"八公"。

淮水流域是道家的创始地，老子、庄周、萧何、张良等都是喝着淮河水长大的。淮河上游丛林密布，资源丰富，有不少隐居的高人、道士，他们听说淮南王礼贤下士，纷纷投奔而来，聚在一起讨论学术问题。

既然要编写大部头著作，得先定个基本的方向和调子。定什么呢？

首先，理想的社会应该是什么样的？

秦始皇统一天下之后，为了巩固统治，在折腾百姓的路上停不下来。一会儿修阿房宫，一会儿修长城；一会儿想要长生不老，一会儿想要飞天成仙……

欲望无止境，百姓没法静。

等到秦二世胡亥继位，长江后浪推前浪，帝王的欲望之火越燃越烈，百姓之怒也越来越强。最终，陈胜、吴广揭竿而起，强大的秦王朝瞬间灰飞烟灭。汉高祖刘邦建立了大汉王朝，几代帝王轻徭薄赋，与民休息，看似清静无为，实则大有可为。这不就是黄老思想主张的最高境界吗？理想的社会应该是主贤臣明，没有苛政，人人平等，顺应自然，清静无为，最终实现"道不拾遗，夜不闭户"。

其次，理想的帝王应该是什么样的？

想要实现理想的社会，最重要的就是有一个超强的领导团队。领导，领导，你先得领着大家干，而不是高高在上，唯我独尊。比如远古时期的那些领导，都是舍己为人的模范。当人们采野果、吃生肉而经常生病时，神农氏就亲自尝试各种植物，被毒草折磨了很多次，最终弄清楚了哪些东西能吃，哪些东西不能吃；哪些能治病，哪些能毒死人。最后，神农氏因为尝到了断肠草不幸中毒去世。他用自己的生命换来了无数人的幸福。

领导就要勇挑重担。远古时期，大地出现了严重的旱灾。森林干了，田地干了，禾苗干了，连人都快干了。为什么呢？原来是帝俊与羲和两位神仙眷侣严重超生，生出了十个太阳宝宝。这些宝宝们太调皮了，不喜欢轮流出来"值班"，而是常常一起跑出来玩耍。他们玩得欢，百姓直流汗。一个太阳就很热了，何况是十个太阳？为了拯救百姓，后羿冒着被晒死和得罪神仙的危险，带上弓箭，一下下地向太阳们射去，一个，两个，三个……

最后一个太阳宝宝吓得瑟瑟发抖，怎么出来旅个游、逛个街，小命还没了呢？后羿心想，总不能一个太阳都不留吧？于是，他对第十个太阳说："从今以后，你每天必须按时升落，为百姓服务，否则，有你好看的！"

最后一个太阳认真地点点头，保证以后绝对按时"上班打卡"，绝不"迟到""早退"。

神农氏和后羿就是领导的典范，有困难自己先上，有危险自己顶着。但是，好的领导还得会通盘考虑，能够指引国家发展的方向。

帝王好比技术高超的木匠，不管是长的、短的，大的、小的，粗的、细的等各种木料，哪怕是边角料，也能安排得当，相互搭配，做出一件件完美的家具。

能把大家的积极性调动起来的帝王，才是好帝王。

有了基本的书写方向和调子，刘安领着一帮文人马不停蹄地开干了！

他们以道家思想为主，吸收诸子百家中合理的学说，加以融会贯通。因为淮南国之前就是楚国的古都，楚地的人物事件、风土人情、方言等都被刘安收进了书中。为了让说理显得更加形象，书中还增加了很多古代神话，如"女娲补天""后羿射日""共工怒触不周山""嫦娥奔月"等。

经过多人长期的努力，一部以道家思想为主、各家思想为辅的著作——《鸿烈》（也称《淮南鸿烈》《刘安子》《淮南子》）终于完成了。这部书共分为内二十一篇、中八篇、外三十三篇。内篇论道，中篇论养生，外篇是杂说。

"鸿"是广大的意思，"烈"是光明的意思。刘安的意图很明显，想通过一本书讲透世间的道理，为国家的发展指出一条光明的路来。所以，皇帝看到这部书，惊不惊喜？意不意外？会不会甩开儒家那一套腐朽的理论，用我总结出来的这一套帝王统治之术？

刘安信心满满地将整部《鸿烈》献给了汉武帝。

汉武帝虽然年轻，心智却很成熟。他明白只要奶奶还在，他就得装作喜欢"无为而治"那一套。看着书，汉武帝频频点头，不错！

可是，他只是喜欢刘安的文采，并不喜欢他那套主张。做皇帝要勇于牺牲，吃苦在前，那我还做皇帝干吗？要清静无为，对国家的大小事不管不问，那我的存在感在哪里？

汉武帝撇开书中的理论，和刘安讨论起文学。你的文章如此出色，要不朕出个题，你当场写一篇？刘安爽快地答应了，这有何难？很快，他便完成了皇帝的命题作文——《离骚传》。

汉武帝看后点点头，淮南王果然名不虚传。然后他将《淮南子》放进了皇家图书馆，摆着做样子。仅此而已。

再坚强的心，也会碎一地

建元六年（前135年）五月，窦太后去世。汉武帝手握大权，开始起用自己的人。又利用时任丞相的舅舅田蚡与外戚窦婴之间的矛盾，处死了窦婴，强势打击窦氏家族，把权力牢牢地握在了自己手里。我的地盘我做主，谁也甭想抢权。

稳定了朝堂后，汉武帝设立太学，聘任五经博士，让他们专门讲授儒家经典——《诗》《书》《礼》《易》《春秋》，开始了独尊儒术的思想统一运动。他又建立了一整套的人才选拔考试制度，不断地从民间挑选儒学之士前来辅助自己，共同吹响了大兴王朝的集结号。针对汉朝初期的分封带来的诸侯国日益强大的难题，汉武帝听从主父偃的建议，实行了推恩令。

当年，刘邦为了巩固刘家天下，重启了被秦朝废除的分封制度。但是，请神容易送神难，随着时间的推移，各个诸侯国不断壮大。汉文帝、汉景帝想尽办法削弱诸侯的实力，却收效甚微，甚至引起了"七国之乱"。推恩令则打中了分封制的命脉，改变了过去诸侯王把封地和爵位传给嫡长子的规定，要求诸侯王把封地分为几部分，每个儿子都有权利继承一块封地。

以前，其他的儿子们只能对着肥肉流口水，别人吃肉你喝汤，如果喝得有点响，还会惹来主人的不痛快与责骂。"推恩令"不动声色地将地方与中央的矛盾转移到了地方内部，利用人性的贪婪与自私，从内部将敌人瓦解、攻破。好比一只烤乳猪，原来只有嫡长子能吃，现在国家有了明确的政策，其他饿了很长时间的儿子们也可以分猪肉吃，如此一来，大家还不拼死去抢吗？

这样一代一代地分下去，封地的总量不变，分的人越多，诸侯国就越小，诸侯们便再也掀不起什么巨浪了。诸侯王的势力在无形之中就被削弱得差不多了，皇帝还美其名曰把恩惠推给每个应该得到的人。

但是，淮南王刘安的继承人刘迁不干了，老爸，我们这么巴掌点大的地方，还要分给各个兄弟，以后还能叫淮南国吗？如果朝廷逼得紧，咱底下有这么多能人异士，何不反了？

刘安聪明一世，却有个致命弱点——溺爱刘迁。造反，他暂时不敢，但来一场非暴力不合作运动倒是可以的。于是，刘安拒绝执行朝廷的推恩令。可他的偏心引起了其他儿孙的不满。刘安有个庶子叫刘不害，他虽然年纪最大，却因为不受刘安的喜欢，在家族里的地位很低。刘迁更是根本不把这个兄长放在眼里，什么玩意儿，你还想得到封地？

刘不害的儿子叫刘建，看到刘迁骄傲自大，目中无人，自己的老爸没有机会继承土地，心怀不满，就私下结交一些对刘迁、刘安有怨气的人，准备搞垮刘迁。有一天，他向朝廷举报了刘迁想要谋反的种种迹象。而刘迁本人行事比较高调，我行我素，时不时地就对汉武帝进行不当的评论。

结果，一石激起千层浪，各方想要置刘安于死地的人纷纷过来插一手。

首先发难的就是原来的仇家。刘安的父亲刘长是个暴躁分子，曾经因为和辟阳侯审食其有矛盾而对他怀恨在心。后来，刘长越想越气，直接拿着铁锥到辟阳侯府上杀死了审食其，从此，两家成了世仇。听到刘迁谋反的消息，审卿（审食其的孙子）非常激动，好啊，现在终于可以替爷爷报仇了。于是他立即行动，四处奔走，并向朝中好友、时任丞相的公孙弘告发了淮南王谋反的事。

此时，公孙弘心里明白，汉武帝早就对道家那套理论不满了，正好可以借此机会将那些黄老派一网打尽，清除潜在的敌人，这样他也能进入升职快车道！而且淮南王周围集结了那么多的能人异士，早就让汉武帝不满了，你们养那么多门客干吗？想再来一场"七国之乱"吗？

综合种种因素，即使淮南王是被冤枉的，杀了他，皇帝也不会在意，甚至会很满意。

这时恰好又有一个人前来告状。

曾经在淮南王身边做门客的雷被是个剑术高手，在一次和刘迁比试的过程中误伤了刘迁，输不起的刘迁竟然跑到父亲刘安面前说雷被的坏话。结果，刘安心疼儿子，听信谗言，罢了雷被的官。雷被一怒之下，逃往长安，并添油加醋地告发刘安父子谋反。

汉武帝怒了，把事情交给公孙弘、廷尉张汤商议，这件事，你们看着办！

张汤和公孙弘穿一条裤子，是典型的酷吏，办事向来不择手段，根本不按照律法来，他是踏着无数冤魂的鲜血成功上位的。这次诸侯王谋反，可是求之不得的大案，一旦结案，绝对是大功一件。这种送上门的好事，岂能轻易放过？

于是，在众人的推波助澜之下，朝廷立即派出专案调查组，前往淮南国。

夜深人静之时，望着天空明月的淮南王刘安陷入了沉思。唉，即便谋反，也是被逼谋反的。你要削我的国土，那我做王还有什么意思？你觉得我养了很多门客想图谋不轨，可我只不过是想通过编书，给枯燥的生活找点乐子。真的要造反吗？不是没想过，也不是没谋划过，我也并不是不想要那张龙椅，以我的才华和能力去当皇帝，肯定比刘彻对百姓更好一点，至少我不会像他那么折腾百姓。可是，现在的我哪有这个实力掀翻天下？真的谋反，岂不是让生灵涂炭、百姓遭殃？这和我的主张岂是一致？

也许，此时此刻，淮南王会想起自己编写的《塞翁失马》的故事。

曾经在汉朝边界，一个老头儿家的马无缘无故地越过边界跑到胡人那里去了。邻居们纷纷过来安慰他，他却说："不用安慰我，你们怎么知道这不是一件好事呢？"几个月之后，他家的马不仅回来了，还带来了"新朋友"——一匹胡人的马。这下赚翻了。邻居们又纷纷过来祝贺，好家伙，原来你早就算准了啊！难怪那么淡定！

老头儿说："先别替我高兴，你们怎么知道这不是一件坏事呢？"果不其然，老头儿的儿子骑胡马时，不小心把腿摔断了。邻居们又纷纷过来表示同情。老头儿依旧淡定地摇摇头："别，我不需要同情，你们怎么就知道这不是一件好事呢？"众人对老头儿的话已习以为常，也许他说得对！过了一年，胡人大举入侵，身体健康强壮的男人都被征去当兵了。仗打得异常激烈，大部分人都战死沙场了。老头儿的儿子因为是个跛子，没被征召去参军，逃过了一劫。看着空荡荡的村庄、痛哭流涕的邻居，父子二人庆幸自己保住了命。

淮南王刘安回顾自己一生，不也是在幸福与灾祸的变化中过来的吗？虽然父亲死了，但他继承了王位；虽然不受皇帝待见，但他编成了《淮南子》；虽然无法拥有天下，但他拥有了财富与人才……

也许我一个人死了，皇帝就不会追究我们谋反的事了。那对我的子孙后代来说，又何尝不是一种福呢？于是，他拿起剑，自杀了。

但是，刘安一死，酷吏、仇家、皇帝、儒生等人因为各自心里的小九九，都没有选择放过淮南王一家，将刘安的王后、太子刘迁和所有企图谋反的人统统斩首了。

从结果来看，刘安失算了。但是站在历史的角度来看，刘安又是幸运的，因为他留下了一部流传千年的伟大著作——《淮南子》。而公孙弘、张汤、审卿等人早就被历史遗忘，甚至被打上了"小人"

的标签。唯我独尊的汉武帝也在晚年听信谗言，误杀了自己的太子，国家也因为他的好大喜功而逐渐被掏空。

塞翁失马，焉知非福？

汉武帝虽有雄才大略，但是喜怒无常，在他手底下工作，时刻都有被杀的风险，司马迁就是因为一句话而被判了令人深感耻辱的腐刑。

司马迁：
我不是怕死，而是怕死得没有价值

——《史记》《报任安书》

说句实话怎么了

公元前110年，汉武帝到泰山举行封禅大典。这是皇帝搞的大型"营销策划"活动，表面上是皇帝向上天感谢所赐予的保护，实际上是他在向天下人炫耀自己的功绩如何显赫，我这个皇帝如何厉害！最终的目的是要表明，我是上天派下来保护大家的，你们看我做得这么好，还不乖乖听我的话？还不对我感恩戴德吗？

有幸主持或参与组织皇帝最重视的仪式的人，不仅有面子，还有位子。可参与制订封禅计划的太史公司马谈却在半路染了重病，留在了洛阳。没能亲眼看见这次盛世大典，让司马谈遗憾不已。想到自己命不久矣，他心有不甘，因为自己还有一件大事没有完成。

他把儿子司马迁叫到床边，开始向他交代后事。

自从周幽王、周厉王以后，王道衰落，礼乐崩坏，君王们忙着争霸，大臣们忙着争利，没有人重视史书的编修工作。好在孔子凭一己之力完成了《春秋》，成为后世学者们的榜样。但是自从战国以后，国家之间今天你打我，明天我攻你，大量有价值的史书在战争中丢失、损毁，历史的记载也中断了。

秦汉之际，四海统一，英雄辈出，却无人重视历史文献的收集与整理。司马谈担任太史公以后，掌管国家的典籍、天文历算并兼管文书和记载大事的工作，在这个过程中他接触到大量的古籍文献，广泛阅读了各种资料，收集了大量的第一手资料。随着了解到的知识越来越多，他的内心深处产生一个宏伟的目标——撰写一部通史，为那些有名的、无名的英雄立传，点评他们的人生，启迪后人的智慧。

但是，他已经没有精力来完成这项伟大的事业，只能嘱咐儿子司马迁去完成。

握着父亲干枯无力的手，司马迁泪如雨下，听到父亲的遗愿，他用力地点点头：“我虽然并不聪明，但是一定会将父亲的编写工作继续下去，绝不敢有丝毫懈怠！”

司马谈听后欣慰地闭上了眼睛，他相信儿子能够完成他的遗愿。

在他的教导下，司马迁十岁时便熟读《尚书》《左传》《国语》等。读万卷书，还要行万里路。长大以后，司马迁带着收集古事、网罗旧闻的目的游历天下，从南走到北，从白走到黑，走遍了千山和万水。他观看五湖四海的风光，考察历史人物的故乡，亲历群雄争霸的战场，打听游侠刺客的传说……

之后，司马迁回到了京城担任郎中（储备干部）。因为工作性质，他又出使各个地方，丰富了阅历，开阔了眼界。在长安任职时，他结识了很多文人雅士，比如董仲舒、孔安国（孔子的后人）等。大家在一起探讨学术问题，相互切磋，使司马迁加深了对历史和现实的理解。

一切准备就绪后，司马迁信心满满，我的书我做主！他要用最高的标准来完成父亲的遗愿，编写一部从来没有过的史书，一部能够名扬天下的史书。

摩拳擦掌，伏案疾书，夜以继日，他犹如一团熊熊燃烧的烈火。

可是一场飞来横祸把他拉入了"冰河世纪"。

当时，匈奴人在作死的路上越蹦越嗨，竟扣留了大汉使臣苏武。来了，就别想走了。汉武帝知道后勃然大怒，这还得了，竟敢扣押我大汉的使者？

汉武帝立刻命令贰师将军李广利统领几万骑兵征讨匈奴，让李陵担任李广利的"后勤主任"，负责运输粮草。李广利是汉武帝宠妃李夫人的哥哥，他的军事才能很一般，但他有个好妹妹。李陵是"飞将军"李广的孙子，名将之后，善于骑射，武功高强。

让我当"关系户"李广利的"运输大队长"？丢人，丢人！

年轻气盛的李陵感觉自己受到了侮辱，好男儿就应该真刀真枪地与匈奴干。于是他向皇帝请命，让我也率领队伍出征吧！

汉武帝看出了李陵的小心思，你是耻于做贰师将军的属下吧？出兵可以，但是朕没有多余的马匹、装备拨给你。

自信过头的李陵立功心切，他拍着胸脯说："不需要战马，臣只要五千步兵，就能直捣单于大本营。"

　　嘿，好小子，有你爷爷当年的风采嘛！汉武帝高兴地答应了。

　　但是哪吒闹海，也得配上混天绫啊！

　　孤军深入的李陵低估了敌人的战斗力，又因内无粮草、外无援兵，最后被匈奴重重包围，拼得只剩下十几个人。看着黑压压的匈奴军队，李陵仰天长叹，即使冲出重围，回到大汉，又能如何？当年爷爷李广一身本领、战功赫赫，却始终未能封侯，如今背负家族振兴期望的他已无立功封侯的可能，回去又能干什么呢？有何脸面去见皇帝呢？见了又能说什么呢？在失败的事实面前，辩解永远是苍白无力的。

　　留得青山在，不怕没柴烧！李陵下马投降了。

　　事情传到朝廷，汉武帝简直不敢相信自己的耳朵，李广的孙子竟然投降了？可是事实摆在眼前，他愤怒了。善于察言观色的大臣们这时纷纷对李陵落井下石，大骂李陵，什么东西，丢尽了李广家的脸面！

　　汉武帝有雄才大略，并不会轻易听信别人的说法，他召问始终沉默的司马迁：你怎么看？

　　司马迁和李陵虽然同朝为官，但是交往不深，平时连酒都没一起喝过。想到这几天皇帝为了李陵投降的事茶饭不思，心情郁闷，司马迁就想劝说几句来宽慰汉武帝。而且熟读历史的司马迁明白谗言的龌龊，不愿意看到当今朝廷形成落井下石的风气，别人一有过错，就全盘否定其功劳，这样很不好，以后谁还敢做事？

于是他说道："臣平时观察过李陵的为人，他孝顺父母，爱护士兵，讲究信义。每次战斗都奋不顾身，获得战功无数。如今他只带领五千步兵，深入敌营，惨遭包围，已经拼尽全力。他最终投降，是不是有难言之隐？也许是为了以后借机逃跑，回归大汉呢？"

汉武帝听后渐渐冷静下来。当初李陵立功心切，他却没有阻止，只是给了他很少的兵力。当李陵被敌军包围后，又无人相救，被逼无奈而暂时投降也是情有可原，要不等等再说。

不料一个从匈奴逃回来的俘虏（后来查明，是一个叫李绪的人）报告说，李陵正在帮助单于练兵，准备对付汉军。

什么？该死！

汉武帝的怒气彻底爆发了，不管三七二十一，就将李陵的兄弟及妻子杀了个干干净净，一个不留。

正在气头上的汉武帝又将怒气发泄到与李陵相关的每个人身上，司马迁首当其冲。汉武帝心想，这家伙之前极力为李陵开脱，是不是和他有交情？是不是也在等着机会跑去帮匈奴？是不是对朕的小舅子、贰师将军李广利有意见？平时你总是坚持"实录"原则，几代皇帝的缺点都毫不遗漏地记下来，半点面子都不给。（葛洪的《西京杂记》中记载，司马迁"作《景帝本纪》，极言其短，及武帝之过。帝怒，而削去之。后坐举李陵，陵降匈奴。下迁蚕室"。）

于是，汉武帝大笔一挥，判了司马迁"诬罔"罪，就是欺骗皇上的罪，从严惩处，按律当斩。司马迁当然不服，是你主动问的，难道我不回话？难道我只能落井下石吗？我与李陵并无交情，说出心里的真实想法怎么就成欺君罔上了？

但一切都晚了！皇帝一声吼，天下抖三抖。可父亲的遗愿怎么办？自己毕生的理想怎么办？就这样死了，值得吗？"人固有一死，或重于泰山，或轻于鸿毛。"

我要为自己争口气

我要活下去，无论如何也要活下去！

根据西汉的法律，有两种情况可以替代死罪：一是以钱赎罪，二是接受腐刑（割掉生殖器）。司马迁并非富二代，只是工薪族，到哪里去凑那么多钱呢？何况朋友们现在都躲着他，生怕受到牵连，更不可能借钱给他。

无奈之下，他只能接受第二种选择——腐刑。对男人来说，这是奇耻大辱。

即使受了腐刑，也不可能被立即释放，还得在牢里关上一段时间。此时，司马迁的思想激烈地斗争着，别人异样的目光、刻薄的讽刺，让他几次想过自杀。他岂能不清楚大丈夫宁可站着死，也不跪着生？岂能不知道"身体发肤，受之父母"，士可杀不可辱？可是编史的任务没有完成，他必须活着！

他没有精力去思考世俗的议论，没有时间去在意别人的目光。他以前修史是为了完成父亲的遗命和自己成名的渴望，现在却有了更深层的考虑。

首先，他希望通过修史一雪前耻，为自己争一口气。腐刑对于一个男人来说，精神的折磨大过肉体的折磨。"太上不辱先，其次不辱身，其次不辱理色，其次不辱辞令，其次诎体受辱，其次易服受辱，其次关木索、被箠楚受辱，其次剔毛发、婴金铁受辱，其次毁肌肤、断肢体受辱，最下腐刑极矣！"

他要完成一部伟大的著作，让后人明白他的良苦用心。我不是怕死，而是怕死得没有价值，"恨私心有所不尽，鄙陋没世，而文采不表于后也"。

其次，他希望实事求是，揭开历史的真相。他要弄清楚人类社会发展的内在规律，重新审视现实、法律、历史、道德、成功等问题，"究天人之际，通古今之变，成一家之言"。在坚持充分尊重客观历史的同时，他在文章中融入个人情感与观点，为那些处于底层的草根、遭遇陷害的英雄、百折不挠的斗士们发声，让那些善于伪装的人原形毕露，让那些是非不分的人无所遁形。

小人物也能成就大事业！大人物也有不好的一面！

司马迁也在那些与自己有着同样遭遇的历史人物身上汲取着精神力量："盖文王拘而演《周易》；仲尼厄而作《春秋》；屈原放逐，乃赋《离骚》；左丘失明，厥有《国语》；孙子膑脚，《兵法》修列；不韦迁蜀，世传《吕览》；韩非囚秦，《说难》《孤愤》；《诗》三百篇，大抵圣贤发愤之所为作也。"

哪一个写出伟大著作的人没有遭遇过挫折？哪一个功成名就的人不是历经苦难才有所作为？

身处逆境，坚贞不屈、百折不挠才是男儿的本色！

从此，司马迁只有一个目标——写《太史公书》，无论遇到什么事，他都不会停止。

司马迁出狱后，汉武帝也许是出于同情，也许是出于赏识，也许是出于补偿，提拔他为中书令，让他掌管机要诏令和奏章。这个职位非常重要。但是司马迁心里并不是滋味，中书令一般由宦官担任，难道皇帝真的把我当成了太监？我忍辱负重、屈辱求生，难道是为了这个职位？唉，罢了，罢了，现在没有什么比写书更重要的了，做中书令也行，正好可以利用职务之便调阅宫廷资料、历史秘闻。

和讥笑、挖苦我的小人辩解，就是浪费时间，浪费生命！

坚持，彷徨，坚持，悲伤，再坚持……

经过多年夜以继日的努力，司马迁终于完成了一部没有先例的通史——《太史公书》，书中包罗上下三千年的政治、经济、军事、文化、天文、地理等知识，创造了本纪、世家、列传、表、书五种体例，这五种体例互相结合、互相支撑，形成了一个完整的系统。抛开了官方的条条框框，越过了皇帝的种种规定，司马迁在书中勇敢揭露统治者们的阴暗面，热情赞扬草根们的闪光点，极力歌颂农民起义，冷静分析他们的是非功过，客观、公正地记录、评价每一位历史人物。

十二本纪（历代帝王的故事）、三十世家（世袭封国的贵族侯王事迹）、七十列传（重要人物的言行事迹，最后一篇为自序）、十表（历史大事件的年份表）、八书（各种典章制度，涉及音律、历法、天文、封禅、水利、财税等），总共一百三十篇，五十二万余字。

纵横上下三千年，点评古今无数人。

司马迁小心翼翼地摸着层层堆起来的竹简，闻着时时散发出来的墨香，不禁泪如雨下，嘴唇颤抖。完成了，终于完成了！一切忍辱负重、一切卑微苟活都值得了！可是兴奋过后，他又陷入了深深的悲哀，身体仿佛被瞬间掏空，现在活下去的动力和理由是什么呢？"肠一日而九回，居则忽忽若有所亡，出则不知其所往。每念斯耻，汗未尝不发背沾衣也！"

他每天恍恍惚惚，吃完饭后也不知道该干吗。

就在此时，朝廷发生了巫蛊之祸。汉武帝在奸人的挑唆下大开杀戒，并将屠刀对准了自己的儿子——太子刘据，一时间，长安城血流成河。后来调查发现，太子并未谋反，而是被人陷害。勃然大怒的汉武帝为了给儿子报仇，也为了逃避责任，又大开杀戒。在这个过程中牵连多人，监狱里已是人满为患。

司马迁的好友、北军使者护军（监理京城禁卫军北军的官）——任安被判腰斩（拦腰砍断的刑罚），他自认为特别冤。早在判刑之前，他就写过信给司马迁，希望好友能在皇帝面前替他美言几句。司马迁当时没有回信，我一个受过腐刑的人又有什么资格推荐别人？他早已放弃一切，埋头写作，不问世事。

如今著作基本完成，任安却深陷牢狱。司马迁深知汉武帝的为人，宽容大度却也杀伐果断，冷静理智却也喜怒无常。在他手底下做事，说不定哪天头就突然没了。现在他一心为儿子报仇，早已杀红了眼，怎么可能听得进别人的意见？当年，司马迁只是为交情不深的李陵说了几句公道话，就惨遭横祸，何况现在是交情不浅的任安呢？

司马迁提笔写了一封长信——《报任安书》，为迟迟没有回信表示歉意，接着说明自己受到腐刑，已不是士大夫，无法参与朝议，且人微言轻，说话肯定不会有人听。想当年，自己一心为公，却遭遇横祸；后来为了保命，惨遭宫刑。我忍辱负重，不为荣华富贵，而是为了要完成一部贯通古今的史书，能让世人理解我的遭遇与痛苦。

现在的我，每天坐在家里，精神恍惚，仿佛丢了魂，出门都不知道去哪里，失去了生活的方向和目标。像我这样犹如行尸走肉的人，还有什么资格推荐别人？还有什么脸面义正词严地辩驳？最关键的是，皇帝只把我当太监，我说话又有谁听呢？

连生活的热情都没了，哪还有为别人呐喊的激情？

后来，写完《太史公书》的司马迁仿佛人间蒸发，失去了音讯，没有人知道他去了哪里，也不知道他什么时候去世的。他已经达到了忍耐的极限，做好了最坏的打算，他用一部伟大的作品表达了心中所有的愤恨、悲伤、抗争和思考。但是，他以直录的方法、站在客观的立场写了汉朝几位皇帝不为人知的阴暗面，书籍很难在汉武帝时期流传开来。他只能藏之深山，留给后世。

司马迁有一个女儿嫁给了大臣杨敞，生下两个儿子：杨忠、杨恽。杨恽自幼聪颖好学，从母亲那里得到了《太史公书》，越看越上瘾，越看越喜欢，感觉每一篇文章都布局严谨，每一个字词都饱含深情，每一个人物都活灵活现，每一次阅读他都热泪盈眶。这么好的作品怎能埋没深山？如此伟大的著作怎能销声匿迹？等到因为

巫蛊之祸而流落民间的汉宣帝继位以后，施行仁政，天下政通人和，被封为平通侯的杨恽感到，让外祖父司马迁的伟大著作重见天日的时候到了。

他上书汉宣帝，献出了《太史公书》。从此，中国第一部纪传体通史——《史记》（原名《太史公书》）名扬四海，笑傲古今，被鲁迅称为"史家之绝唱，无韵之离骚"。书中既有好看的故事，又有深刻的道理，文字读起来也很美妙。

汉武帝之后，儒家学说成了社会的时尚潮流，成了读书人学习时的风向标。谁能精通儒家学说，谁就能成为全民偶像。

戴圣:

一个人编写了三本"高考"顶级参考书

——《礼记》（虽有嘉肴；大道之行也）

我就是出版界"网红"

儒家学说提倡仁爱、诚实、孝顺等价值观，这些价值观如何培养呢？

为了让所提倡的孝道更好地落到实处，儒家制定了礼制：对父母应该怎么行礼，长辈去世后如何守孝……通过仪式感给人以强烈的心理暗示。

所以，儒家学说需要一整套的制度来体现。孔子率领弟子们收集并研究周朝及以前的礼仪制度，总结古人在成年、结婚、丧事、吃饭、祭祀、朝拜等各个方面有哪些礼仪。在周朝，周公旦曾记录并制定过西周的礼仪与政治制度，形成了著名的《周礼》。相传孔子等人就把先前的资料及《周礼》等汇编在一起，给学生们当教科书，这部教科书成了儒家经典——《仪礼》，书中有《士冠礼》《士昏礼》《士相见礼》《乡饮酒礼》等具体的篇目。

因为当时的书写条件十分有限——没有纸张，竹简携带起来也不方便，所以孔子和弟子在写书时只能尽量减少字数。到了后世，这些简单的文字就不好理解了。而且随着时间推移，再加上连年战争、秦朝的焚书坑儒，有些竹简就烂掉了，或者被烧掉了，还有的遗失了，留下的残缺的文字，人们就更看不懂了。很多书籍是根据先秦儒家徒子徒孙们的口耳相传记录的，有些人在传述的时候，加入了自己的理解，由此形成了各种各样质量参差不齐的资料。

大家读这些资料时，经常是一头雾水。孔子为什么这么写呢？为什么父母去世要守三年孝呢？为什么结婚要搞这种仪式？如何具体地培养礼仪规范呢？

孔子只讲了是什么、怎么做，而没有讲清楚为什么。

他的弟子、再传弟子及后世儒生们只能在《仪礼》的基础上对其进行注解——解释书中的字词、补充资料、阐述孔子为什么那样说……这些注解被称为"记"，类似现在的"教材完全解读"系列参考书，它的数量已经远远超过了孔子当年编写的资料，甚至达到了几百篇。

到了西汉，汉武帝"罢黜百家，独尊儒术"，又对《易》《书》《诗》《礼》《春秋》这些儒家经典课本设置对应的讲解老师，称为"五经博士"。只要你能通晓一部经书，就能成为博士，不仅在社会上有地位，而且有机会成为皇帝身边的参谋。只要你真的有本事，封侯拜相也不是不可能。

因此，儒家经典成了当时最流行的研究热门。但是，研究者也有高手和菜鸟的区别，高手尤其是博士，都有各自的研究成果和独立见解，谁也不服谁。你说得不对，孔老夫子写的是这个意思；你说得更不对，孔圣人根本没这么说……

这些人争来争去，无非是想提高自己的名气，让别人采用自己的解释。最终，儒家"经典教材"又延伸出各种各样的"教材解读系列""教材全解系列""教材参考系列"等。他们互不相让，争论不休，都声称自己的解读最符合孔子的原意。

举个例子，街上有很多川菜馆，每家厨师做出的口味和烧菜风格都不太一样，但是，每家川菜馆都声称自己家的菜才是最正宗的川菜，各家谁也不服谁，于是街头便出现了"李三川菜馆""赵四川菜馆""王二麻子川菜馆"……

到了汉宣帝时期，皇帝的头也大了，你们这些家伙天天争来争去，国家无法统一固定的教材，学校的课还怎么上？学生该听谁的？我还怎么组织考试、选拔人才？于是，汉宣帝亲自组织了一次有名的学术辩论会——石渠阁会议。在会议上，有问题，大家尽情地辩，最后由我来统一思想，确定教材。

最后，朝廷在《易经》中增加了"梁丘"派，《尚书》中增加了大夏侯、小夏侯两个派别，《春秋》中又增加了"穀梁"派。并在太学（当时的最高学府）里设置对应的博士，一本书由不同的老师从不同的角度去讲解。比如，《诗经》有"鲁诗""齐诗""韩诗""毛诗"等四家，那么，"鲁诗"科目的老师就讲自己的学派对《诗经》的理解，"齐诗"科目的老师就讲他们学派对《诗经》的理解。至于学生会选哪个科目，就看哪个科目的老师牛了！

《尚书》有今文尚书、古文尚书，大夏侯、小夏侯等不同派别。而《仪礼》自然也少不了各种派别，影响比较大的就是大戴、小戴、庆氏等三家。

小戴，就是戴圣。他出生在西汉梁国都城睢阳，父亲叫戴仁，叔父戴德曾跟随《仪礼》研究专家后苍学习。秦朝时，《仪礼》被烧，只有一个叫高堂生的人将它提前背诵了下来，然后口头传授，传给了萧奋，萧奋传给孟卿，孟卿传给后苍，后苍又传给了戴德。

戴德成为太学博士之后，收集了两百多篇关于儒家礼仪学说的资料。他仔细对比后，发现其中有很多重复的文章，就进行了删减，并加入了自己的解释，最后剩下八十五篇，即《大戴礼记》。从此，他成了研究儒家学说的顶级专家，在当时的最高学府——太学的"仪礼"科目中挂上了自己的招牌——大戴礼记。

戴圣跟着戴德、后苍学习，凭借超高的智商与刻苦努力，成了研究儒家的顶级专家。他感觉叔父对之前的资料删得不够，便结合《大戴礼记》、流传下来的资料、自己的研究，将叔父的资料汇编和《仪礼》删成了四十九篇，并对《仪礼》进行了非常深入、独到的补充与阐释。

戴圣也被选为太学博士。学生们发现戴圣的资料简洁易懂，而且课也讲得深入浅出，有趣有料。听他课的人越来越多，他的名气也越来越大。他的讲义成了超级畅销的《仪礼》解读参考书，流传越来越广，以至于大家把其他的《仪礼》配套参考书、解读书都无视了。有了这本通俗易懂的参考书，还要其他啰里巴唆的解读书干吗?

到了东汉后期,著名学者郑玄又对这本参考书进行了丰富与完善。他做了更加深入浅出的注解,让这本书的地位更上一层楼,成为官方指定用书,直接从《仪礼》中脱离出来,成为专门的学科——《礼记》。《礼记》和《周礼》《仪礼》合称为"三礼"。打个比方,注解儒家经典的书好比一个个学习机,《周礼》是第一代小霸王学习机,操作学习起来比较烦琐;《仪礼》是第二代点读机,操作学习起来比较简单,哪里不会点哪里;《礼记》则是人工智能学习机,带有动画和配音,操作学习起来简单,呈现出的内容也直观易懂。

《小戴礼记》成了永恒的经典。这本书虽然不到十万字,但里面包含了很多为人处世、哲学道德等内容。它的作者不只戴圣一个人,还有孔子及其弟子和再传弟子等很多人,戴圣只是最终的编著者,好比生产人工智能学习机配件的厂家不只一家。

后世的畅销书也得参考我的书

《小戴礼记》有什么魔力呢?

它采用了类似现在用小故事讲大道理的方式,记录了孔子和弟子之间的对话,论述了先秦到汉朝的礼仪制度与规范,解释了为什么要遵循礼仪:因为孔子想要通过制定人人遵守的社会规范,创造出一个人人平等的大同世界。所谓"大道之行也,天下为公"。

学习并遵守礼仪的最终目标是实现天下共有,从而构建一个大道施行的社会。在这样的社会里，国家选拔品德高尚、才能突出的人治理天下，让老年人能够安享晚年，让青壮年能够为社会做贡献，让孩子们能够健康、快乐地成长，让那些老而无妻、老而无夫、年幼失去父母、年老失去子女、行动不便的人都能得到国家的帮助。国家财物很多，大家却不会私自占有；人们劳动积极，不只是为了升职加薪。

人与人之间讲究诚信，和睦相处，把每个人都当作自己的亲人，把每个孩子都当作自己的孩子。人人心往一处想，劲往一处使，努力营造出一个没有盗贼、犯罪、战争，家家户户不用锁门也能安心的社会。

这就是儒家提倡的理想型社会，也是儒家追求的终极目标。

那么，如何实现这样的目标呢？

每个人都要不断地学习，不断地完善自我。学习礼仪与道理，改变内心的丑恶与奸猾。然后，学有所成的人去教化百姓，使人人都懂得礼义廉耻、制度规范。

那么，我们该如何教化百姓呢？

戴圣在《虽有嘉肴》里提出了一些看法：如果我们不去品尝，即便有美味可口的饭菜，也无法知道它的美味；如果我们不沉下心去学习，即便有高深的道理，也无法知道它的好处。深入学习就会明白自己的不足，教导他人才会明白自己也有不懂的地方。知道自己懂的比较少，才能认真地去反思；知道自己的疑惑比较多，才能深入地去思考。所以，教导别人和自我学习是相互促进的。

因为戴圣的观点影响太大，他在当时就成了众人追捧的超级偶像，还得到了汉宣帝的赏识，受邀参加了著名的石渠阁会议。

渐渐地，戴圣有点飘飘然了，我就是这个时代最闪耀的星，我就是人群中最靓的仔！我还需要遵守普通人的行为规范吗？他渐渐地忽略了小节，自己、家人、门客、学生等干点偷税漏税、违背法纪的事，他也觉得无所谓，我名满天下，不就该享受特权吗？

大部分人碍于他的声望，对这种事都是睁一只眼闭一只眼，由他去吧！但是，他还是遇到了硬碴儿。

戴圣在担任九江太守期间，常常不遵守法律，按照自己的意愿来管理地方。何武担任刺史巡视、考察部下的政绩时，暗中查到了戴圣不遵守法律的证据。考虑到戴圣是天下闻名的学者，何武只是将证据透露给了他。何武是在用这种方式委婉地提醒戴圣，做事也得收敛点儿！你好自为之吧。

戴圣知道后，非但没有感谢何武，反而利用自己在朝廷中的影响，说何武的坏话。不久，戴圣儿子的门客勾结盗贼抢劫被抓，他的儿子也因此受到牵连，被一并抓到了官府。审理这件案子的正是何武。戴圣顿时感到天昏地暗，我的妈啊，冤家路窄！老何只要动动手指，给我儿子判个重刑，我儿子的小命还能保得住吗？

结果，人家何武秉公执法，查明真实情况之后，不计私怨，将戴圣的儿子无罪释放了。戴圣服了，孔子提倡的君子不就是何武这样的人吗？枉我还是研究礼仪制度的专家，竟然干出之前那种不守规矩的事。从此，他收敛了锋芒，还经常去拜访何武。

戴圣在改变自己时不断完善自我，在后世的影响也越来越大。

原来《礼记》中的第三十一篇文章是讨论人的修养与境界的，到了宋朝，儒家经典在科举考试中越来越重要，宋朝人就单独将这个篇目拉出来，对其不断进行注解和完善，编成了一系列"第三十一章解读参考书"，如程颢的《中庸义》、程颐的《中庸解义》、朱熹的《中庸章句》等。经过后世学者对这篇文章的不断注解，最终形成了另一本经典——《中庸》。

宋朝人又将《礼记》中的第四十二篇文章单独拉出来，经过著名理学家程颢、程颐的大力宣传，南宋朱熹的详细注解，形成了著名的《大学章句》，即《大学》。从此，《中庸》《大学》《论语》《孟子》并称"四书"，成为宋朝及后世学生的必背教科书和"高考（科举）"必考科目，地位腾的一下升了起来。

戴圣相当于编写了三本儒家学说的顶级参考书。

儒家的观点不仅影响了汉朝的文章创作，也影响了史学创作。深受儒家思想影响的班固写出的《汉书》就和司马迁的《史记》有了一些不同。

班固:
写书是为了更好地活着

——《两都赋》《汉书》

不看不知道,一看真美妙

班固出身儒学世家,父亲班彪是远近闻名的学者,很多人都慕名前来与他探讨学问或拜他为师。所以,班固从小就在琅琅书声中长大,九岁便能写文、诵诗赋,眼界要比普通小朋友开阔。大学者王充拜访班彪时,曾对班固的谈吐惊诧不已,这个小朋友不简单哪!

随着年龄的增长,班固发现,家里的书都被他读完了,父亲的那一套也被他学到了,下一步该怎么提升自己呢?

去太学!那里集中了全国各地的藏书与名师。

十六岁的班固很快就进入了洛阳太学学习。在那里,他和别人不一样,不只学习儒家经典,还广泛地阅读诸子百家的著作,但他不拘泥于名家的解读,而是能够深入地思考与研究。

可是，快乐自由的日子总是那么短暂。在他二十三岁时，父亲班彪去世，家中失去了生活来源，他一下子从官员子弟变成了乡里平民（从这个角度来看，班彪是个不贪污的好官）。

唉声叹气不是班固的风格，他要挑起养家的重任，并决定在父亲未完成的《史记后传》的基础上，独自撰写《汉书》。他一边修史，一边找工作。汉朝没有科举制度，普通人想要成为官员，必须有重量级人物的推荐。班固缺少这样的后台，只能自己去找机会。

班固听说汉明帝任命东平王刘苍为骠骑将军，并准许他挑选、任用四十个辅助官员，就赶紧写了一篇《奏记东平王苍》，向刘苍举荐了很多有才能的人，顺便也毛遂自荐了一下。可是，人家刘将军很有个性，你举荐的人挺不错的，但是你好像不太对我的脾气，哪儿凉快哪儿待着去吧。

于是，班固只能埋头修史，希望有朝一日能闻名天下，从而得到朝廷的重用。正当他集中精力撰写《汉书》时，有专门通过陷害他人而邀功请赏的人，向朝廷打小报告，告发班固"私修国史"。

在当时，私人修史是不被允许的，国家的事情怎能让你个平民百姓随意记载与点评？万一你记了不该记的事情怎么办？让你个小民随意乱写，岂不有损皇帝的龙威？如果你不是朝廷的史官，又没有帝王的授权，而私自修撰本朝或前朝的史书，那就是大罪！

班固被打入了大牢。

他的家人急了，这可如何是好？班固的弟弟班超向来勇敢果断，与其干着急，不如马上行动。他骑上快马，一路狂奔，赶往都城洛阳，四处上书为哥哥喊冤。我大哥不过是想继承父亲的遗志，用修史的方式宣扬大汉的繁荣与天子的美德，完全是一片忠心啊！你们不妨看看书里的内容再下定论。

汉明帝听说后，想想也有道理，毕竟眼见为实。他命人呈上书稿，细细品读后，大为惊叹，好书，好书啊！他非常欣赏班固的文采和观点。我朝又出了一个大才子，这样的人才放着不用，岂不可惜！

汉明帝特地下诏，小班，你继续修史书吧！

皇帝一点赞，班固好运来。他不仅被无罪释放，还被征召到洛阳皇家校书部，担任兰台令史，掌管和校定皇家图书，成了国家图书馆的管理员。从此，班固可以名正言顺地修史了。他一上来就是大手笔，和几个人一起撰写并完成了《世祖本纪》（汉光武帝的事迹），后被提拔为皇家图书馆的中层干部。他的弟弟班超因为智勇双全，也被汉明帝封为兰台令史。

有了稳定的编制和收入，还能接触到大量普通老百姓无法看到的珍贵书籍，班固再也不担惊受怕了，他决定大干一场，全身心地投入《汉书》的编修中。

我也想建功立业

除了写史书，班固还会时不时地展露一下自己的才华，上个"头条"，免得皇帝把他遗忘。

东汉的都城在洛阳，那些从长安迁过来的王公贵族、豪门士绅

都很怀念西汉都城的繁华，那里什么都有，哪像洛阳这种"二线城市"，要啥没啥。于是众人纷纷上书，希望汉明帝能将都城重新迁回长安。

迁都乃是牵一发而动全身的大事，不是叫个货运公司搬个家那么简单，汉明帝很无奈，可是，怎么说服这些人呢？

班固觉得"上头条"的机会来了。他赶紧收集资料，发挥才能，用心创作了《两都赋》（分为《西都赋》《东都赋》）。《西都赋》借假想的人物——西都宾的嘴巴，叙述了长安地势险要、物产富庶、宫廷华丽等情况，写出了长安的壮观与优越，但也委婉地说出了它的奢侈与铺张。《东都赋》则借助另一个假想人物——东都主人的嘴巴，极力点赞洛阳的便利条件、政治影响和百姓生活安定等各个方面。在这里，虽然没有奢华的生活，却有安定的环境；虽然没有奢靡的享受，却有节俭的美德。从居住环境和人们的境界上看，洛阳已经远远超过了长安，你们干吗还要回去？

班固用华丽的语言、深入的分析赞美了都城洛阳的重要性，打消了人们迁都的想法。汉明帝看后点点头，真是大才子，不错！

汉明帝驾崩以后，汉章帝即位。班固常常被召进宫中，陪汉章帝一起读书学习。每次汉章帝出行，总是让班固跟着他；朝廷有大事时，他也让班固参与讨论。可是赏识归赏识，汉章帝却没有提拔过他。

班固郁闷了，我写书、作文章，也是为了升职加薪，让一家人过上好日子嘛！升职意味着自己有更多的工资与奖金，谁不想？可是，我又不能直接伸手要位子。于是，班固提笔写了一篇《答宾戏》，文采飞扬又幽默生动。这篇文章采用问答的形式，一个人说自己得不到重用而苦闷，一个人说你这想法不纯洁、不应该，做人应该坚守自己的志向，怎么能贪图地位呢？

汉章帝看后明白了，是朕大意了，让人拼命干活，画完十张大饼，也得真给一张啊，哪怕是张小烧饼呢？不然人家哪有动力继续干活？于是，他安排班固做了玄武司马，掌管皇宫玄武门的戍卫。这个官职有实权，也有银子。在古代，文人写文章、提建议，很多时候也是为了引起实权者的重视，从而打开升职通道，这无可厚非，总比通过陷害人升职好得多。

从公元58年到公元82年，历经25年、两代帝王，班固终于完成了能与司马迁的《史记》相提并论的《汉书》，开创了断代史（只记录某一个朝代的史书，《史记》是记录了很多个朝代）的新体例，《汉书》也与《史记》《后汉书》《三国志》并称为"前四史"。

这套书一经颁印，大家争相阅读。

班固拿着皇家工资，听着皇帝的表扬，所以，他写人物基本上是站在维护统治者的角度来写的，比如他和司马迁对西汉著名的游侠郭解的记叙和评价，就有明显的差别。

汉武帝向早已令地方政府头疼的游侠集团开刀，一代游侠——郭解也因此丧命。从此，大侠们都夹着尾巴转入了"地下"，没有了往日的风光，至少不能在光天化日下呼风唤雨了。

经历人生曲折的司马迁在《史记·游侠列传》中对郭解还是很欣赏的，感叹他死得有点可惜。而班固在《汉书·游侠传》中对郭解就持批判态度了，其中就有这样一段对郭解该杀的评论："况于郭解之伦，以匹夫之细，窃杀生之权，其罪已不容于诛矣。"

在《苏武传》中，班固为了衬托苏武"富贵不能移、贫贱不能淫、威武不能屈"的性格，对软弱胆小的张胜、投降叛国的卫律、优柔寡断的李陵等三个"反面人物"直接予以了否定，因为他们都不忠于大汉皇帝。司马迁在写"反面人物"时，往往会兼顾人物的优点和缺点，比如《项羽本纪》里的项羽。按理说，他曾经和汉高祖刘邦争夺过天下，应该会被正统的史学家写成反面人物，那样汉朝的皇帝才会喜欢。可是司马迁在写项羽失败的时候，反而带有一种同情和悲悯。

不过，班固尽管在书中一心维护统治者，最终还是因为统治者的权力争斗而被牵连杀害。

在当时，重要的官职都由王公国戚等人把持，没有强大背景的人很难挤进权力中心。即便你闻名天下，也只能做贵族们的跟班小弟。班固看着自己始终在小官职上徘徊，不甘心居于人下，时刻等待着建功立业的机会。

当时，东汉边境地区的匈奴分为南北两部，南匈奴亲汉，北匈奴反汉，北匈奴时不时就跑过来骚扰汉人。具有皇亲国戚身份的窦宪被任命为车骑将军，率兵攻打北匈奴。一行人浩浩荡荡，整军待发。

班固知道后坐不住了，想要升职，唯有建功。我快六十岁了，再不努力就没有机会了。况且，我们班家世代与边疆的人打交道，对那边的地理人文再熟悉不过了。于是班固赶紧去投奔窦宪。同样迫切想要建功立业的窦大将军见名人前来，大笔一挥，中护军就是你了，跟在咱身边帮咱出谋划策吧。

这一仗，窦宪大获全胜。终于雄起的班固对窦宪感激不尽，自从有了你，世界变得更美丽。于是，他挥笔写了一篇《窦将军北征颂》，对窦宪极力赞美，窦将军威武！

但是，成也窦宪，败也窦宪。班固的人生因为窦宪出现了巨大的转折。

窦宪原本就骄傲自大，在巨大的战功面前，他变得更加狂妄，走路带风，说话带刺，看谁不顺眼就弄谁。年幼的皇帝瞬间没了存在感，到底你是老大，还是我是老大？后来，汉和帝借窦宪的部下密谋叛乱的机会，乘机将窦家势力一网打尽。窦宪被逼自杀，作为他曾经的亲信——班固也因此受到牵连被免职。和班固有些陈年旧怨的洛阳令种兢，开始借机报复他。

种兢罗织罪名，班固被捕入狱，之后莫名其妙地死在了狱中，一代史学家就这样结束了自己的人生。他死后，《汉书》中还有部分内容没有完成，最后由他的妹妹班昭写完了剩下的章节。

可惜，可叹！如果他生在急需人才的三国时期，命运会不会改变？会不会像诸葛亮那样，还在老家读书，就被刘备迫不及待地预定了？

诸葛亮:

唉，扶不起来的阿斗，也得扶啊

——《出师表》《诫子书》

我要把不可能的事变成可能

诸葛亮出生于东汉末年琅玡郡阳都县（今山东省沂南县）的名门望族，祖辈、父辈都做过官。年少时，他的父母去世，他就跟着在外做官的叔父诸葛玄四处奔走，长了很多见识。诸葛玄去世后，诸葛亮便隐居隆中（今湖北省襄阳市），直到刘备三顾茅庐时才出山。

之后，他和刘备联合东吴，赢得赤壁之战；夺得荆益，打开蜀地之门；刘备托孤，扛起治国之务；七擒孟获，平定南中之地。对内，安抚百姓，发展生产；对外，联合东吴，积蓄力量。

看着蜀国蒸蒸日上，诸葛亮也变得越来越自信！现在就剩下最后一个目标：北伐魏国，一统天下。但年纪渐长的他总感觉有些腰酸背痛腿抽筋，哪里都不得劲儿。主公兼战友的刘备先他而去，后主刘禅又是个"巨婴宝宝"，怎么扶也扶不起来。

可再不北伐，我就老了。

诸葛亮明白，虽然他平定南中后得到了一支作战勇猛的特种部队——无当飞军；他一手调教出的很多能臣干吏，也协助他使蜀汉成了富裕的发达地区。可是，论国家的综合实力，论主公的智慧谋略，都无法和曹魏集团相比。这些年，蜀汉丢了荆州，经验丰富的老将也相继去世，这个时候北伐，时机不对；蜀地地处偏僻，交通不便，后勤供应跟不上，北伐的地理优势不行；后主刘禅虽然对他百般信任，但刘禅没有主见，识人不明，如何能够在后方全权调度、指挥？人和方面也差点火候。

天时，地利，人和，一个都不具备，如何北伐呢？

诸葛亮一声叹息，如果先帝还在该多好啊！想起刘备，他泪如雨下，刘备去世时说的话犹在耳畔："你的才能是曹丕的十倍，必定能安邦定国，终成大业。如果我儿刘禅是块可以打磨的料，你就辅助他；如果他不是这块料，你就自行取而代之。"刘备虽然善于演戏，但诸葛亮明白，刘备的这番话里也饱含了对他的情谊与信任，只有在一起共同经历过生死的兄弟才能体会。当年的蜀汉基业来之不易，北有曹魏虎视眈眈，东有孙吴伺机而动，蜀地随时都有被吃掉的可能。一旦刘禅无法把控朝政，他将死无葬身之地，由诸葛亮取而代之，也是为了刘家血脉的延续。

刘备如此推心置腹，诸葛亮更不会有取而代之的想法了。女为悦己者容，士为知己者死。刘备发自肺腑的话让诸葛亮老泪纵横，他发誓要竭尽全力报答刘备的知遇之恩，全力辅佐后主完成统一大业。

但是如今的他，心里既着急又无奈。北伐条件都不具备，是不是可以不去北伐了呢？可这如何对得起先帝的临终嘱托？又如何给蜀汉赢得一片光明的未来？唉，再不打，就更没机会了。我与先帝结识后，就一路披荆斩棘，把不可能的事变成可能，现在有困难就要退缩吗？

不，绝不！

这时，一个重要的消息传来：魏文帝曹丕死了，他的儿子曹叡继位。曹叡缺乏统治经验，地位也不稳。天时有了，诸葛亮决定出师北伐。但他想起了懦弱无能的刘禅，我这一走，万一后院起火，粮草不济，该怎么办？面对既是君主又如自家孩子的刘禅，诸葛亮写下了一篇感人至深的《出师表》：

先帝开创大业还没完成一半，就去世了。如今天下分为三个国家，我们蜀汉连年战争，民生凋敝，实力较弱，正是危急存亡的时刻！（吓一吓后主：别以为我们现在的环境还不错，就可以贪图享乐，不思进取。）但是，我们内有忠臣勤劳工作，外有将士舍生忘死，这是因为他们感恩先帝，想要报答陛下。（再安抚一下后主：你也别怕，咱还有人，也不是随便就会垮掉的。）您应该广泛听取臣子们的意见，发扬先帝留下的美德，激发大家的勇气。不应过分地看轻自己，讲出不恰当的话，以致堵塞群臣进谏的道路。（指引后主如何做：你不要随便说话，要多倾听大家的意见。因为刘禅缺乏治国本领，诸葛亮便安排了一系列的能人辅佐他，所以劝说他不能太过自负或自卑，你能力不够，耳朵来凑，别轻易做主就行。）

皇宫中的侍卫和丞相府的大臣都是一个整体，您对他们赏罚褒贬，不应有所不同。如有作恶违法的人或忠心做事的人，您都应该交给主管的官吏，让他们来判定如何惩罚或奖赏，以显示陛下处理国事时的公正严明。不应该有所偏爱，使宫内、宫外的执法规则不同。（继续引导刘禅不该擅自做主，要秉公处理政务。当时后主已经有宠信身边太监的迹象，诸葛亮对他进行了委婉的提醒，你小子虽然成事不足，但也不能败事有余。不要过多地干涉大臣的工作。）

侍中郭攸之、费祎、董允等人，都是善良诚实、心地纯洁的人，因此先帝选拔他们来辅佐陛下。我认为宫中之事，无论大小，您都应该咨询他们，然后施行，必能弥补缺失，集思广益。（在治理国家方面，你要多和郭攸之等人商量。诸葛亮知道刘禅孝顺，所以搬出了先帝，他们是你老爸特意给你留下的宝贝，你要不要重视呢？）

将军向宠，善良平和，又通晓军事。经过长期的试用，先帝也称赞他很有才能，于是，任命他担任中部督。我认为禁军营中的事，您多去咨询他，必能使军队和睦，人尽其用。（行军打仗上，您要听向宠的。诸葛亮说了向宠的优点、背景以及作用，强调他也是先帝大力点赞过的人。）

亲近贤良的忠臣，远离奸诈的小人，这是汉朝前期兴盛的原因；亲近奸诈的小人，远离贤良的忠臣，这是汉朝后期衰败的原因。先帝在世时，每每和我谈起这些事，对于汉桓帝、汉灵帝的做法，没有一次不叹息的。侍中、尚书、长史、参军，这些人都是坚贞可靠、以死报国的忠臣，希望陛下能够亲近他们、信任他们，这样我们大汉很快就会兴盛起来。（这里讲完应该亲近哪些人后，再讲为什么要亲近他们。你老爸曾经总结出来的道理，你该不该听呢？）

我原本是一个在南阳耕田的平民，只想在乱世中保住小命，不求扬名显达。但先帝并不因为我身份低微而不重用我，他曾经委屈自己，三次到我隐居的茅屋来拜访我，谦虚地向我询问天下大事。为了这份情意，我也该积极地为先帝奔走效劳。曾经的我临危受命，一晃二十多年过去了。先帝知道我做事谨慎，所以临终之时将国家大事托付给我。我时常忧愁，唯恐不能完成如此大任而有损先帝的英明。所以，我渡江南征，深入不毛之地。现在南中已定，兵甲充足，该是我报答先帝、尽忠陛下您的时候了。我要尽我所能，兴复汉室，重返都城。我走了之后，处理日常事务、进献忠言的事情，就是郭攸之、费祎、董允的责任了。（老是搬出先帝，也会让后主刘禅反感。你想用我老爸来压我吧？我看他的话是你编出来的吧？于是诸葛亮又以情动人。刘禅虽然智商不在线，但是情商还行，就用情感来打动他吧。诸葛亮委婉地说出了自己曾经也为蜀汉立下过汗马功劳，不求闻名显达，只求报答先帝的恩情和后主的信任。所以，你不用担心我会夺权或倚老卖老地教训你。感动刘禅之后，他又继续强调，要重用哪些人。）

希望陛下把讨伐曹贼、兴复汉室的任务交给我。如果不能完成，就请您治我的罪，以告慰先帝的英灵。如果不能进献忠言，那就请您责备郭攸之、费祎、董允等人，以惩处他们的过失。（如果我们不行，那就请您惩罚我们。先给后主一个台阶，提出臣子应该做的事。然后提出后主应该做的事，依然强调要积极采纳大臣们的意见。因为诸葛亮知道后主的能力有限，只要他不自作主张，就是大幸。

你不会做事，有人替你做，请你不要插手。）陛下也应当谋求自强，征询臣下的意见，考察并采纳正确的言论，深思先帝的遗诏。臣蒙受大恩，不甚感激。现在我即将远行，一边写表，一边流泪，真不知道该说些什么。（最后，再次以情动人。我都流泪了，您要不要听从我的建议呢？）

《出师表》第一、第二段是劝刘禅不要过多地干涉大臣们的工作，毕竟你能力有限，只要带着耳朵听就行。具体该怎么做呢？就有了第三、第四段，你应该听哪些人的建议。第五段则搬出先帝，你老爸在天上看着你呢！你要不要努力？要不要听话？以此劝说刘禅要虚心听取大臣们的意见。

在劝说别人时，直接批评或者不停地唠叨，都会引起对方的反感，你谁啊？还来教育我？诸葛亮回顾自己的经历，谈起了他对蜀汉的贡献以及与刘备的情意：我为蜀汉受过伤、流过血，和你老爸还是好兄弟，这样的我有没有资格说上面的那番话呢？

第六段又强调后主务必听从建议，亲近贤臣。最后用眼泪打动城府不深、心地善良的刘禅。

诸葛亮无论贡献多大，他也是臣；后主无论多没用，他也是君。所以，谨慎的诸葛亮没有直接批评后主。后主虽然智商不行，但是心地善良，孝顺父亲，懂得感恩。针对这样的人，最好的方式，就是采用煽情手法打动他，然后再一步一步地引导他。

于情于理，于国于己，后主都会明白诸葛亮的一番苦心，全力支持诸葛亮北伐，做好后勤供应。

为国家流尽最后一滴血

后主刘禅看后点点头，您放心地去吧！

诸葛亮挥挥手，出发！他接连发动四次北伐，第一次，因马谡战略失误而败；第二次，因粮食供应不上而归；第三次，小有成功；第四次，又因粮草供应不及时而退……

四次北伐，败多胜少，留给诸葛亮的机会不多了。

公元 234 年春天，诸葛亮第五次北伐。这一次，他碰到了老谋深算的司马懿。对方就是不应战。论智谋，咱比不过你，那我就耗死你！你打拳，我不接招，气死你！

诸葛亮急了，我大老远跑来，不是为了和你演对手戏的啊！为了刺激对方，他故意派人给司马懿送去一套女人的衣服和头巾，老马，你就是个婆婆妈妈的女人！魏军将领看到后火冒三丈，是可忍，孰不可忍也，干吧！

老成的司马懿却摇了摇头，兄弟们，后面的曹氏集团不相信我，前面的蜀汉军团咱又打不过，真是心里苦啊！他突然问了蜀汉使者一个大家都不关心的问题："你家丞相睡得咋样？吃得咋样？"

使者蒙了，这老家伙想干啥？受到侮辱后竟然还关心起我们丞相的睡眠质量，难道他想兜售保健品？使者骄傲地回答："诸葛公早起晚睡，事必躬亲，哪有时间吃饭和睡觉？"

等到使者走后，司马懿笑了，对左右的人说："诸葛孔明吃得少，事情多，还不好好睡觉，这样的劳碌命，能活多久呢？"一边带兵打仗，一边操劳国事，他在玩"铁人三项"吗？工作很辛苦，迟早会让他累吐血！哼哼，咱就是不和他打，等着他自己累死！

果不其然，日夜操劳的诸葛亮病倒了，病榻上的他恍惚看到天上的刘备正在向他招手：来吧，老弟，你在人间太辛苦了。

诸葛亮对属下安排完国家大事后，又想起了家中的亲人，想起了八岁的儿子诸葛瞻。诸葛亮感慨不已，自己一生为国为民，鞠躬尽瘁，却没能给孩子们留下什么财产，又顾不上教育他们。很快要和他们阴阳两隔了，得给他们留下点经验与教诲。于是，他含着泪，提起笔，写下了一封书信《诫子书》：

> 夫君子之行，静以修身，俭以养德。非淡泊无以明志，非宁静无以致远。夫学须静也，才须学也，非学无以广才，非志无以成学。淫慢则不能励精，险躁则不能治性。年与时驰，意与日去，遂成枯落，多不接世，悲守穷庐，将复何及！

想要有所成就，必须静下心来专心致志地学习。不学习就无法增长才智，没有目标就无法勇往前行。过度享乐、散漫懒惰，就会让人萎靡不振。光阴似箭，一晃而过，到了人生的最后，却感叹自己一事无成，又有什么用呢？不如趁现在拼一拼。

诸葛亮强调了勤奋学习的重要性，不求名利显达，但求无愧于心。不要等到老了，再后悔自己曾经浑浑噩噩。他以身示范，儿子诸葛瞻和长孙诸葛尚等人奋发有为，后来都成了抵抗魏国的战斗英雄。

操劳过度的诸葛亮死在了军营中。他提前谋划，交代属下在撤退时秘不发丧，用木头刻一个他的人体模型放在车上，这样就能骗过谨小慎微的司马懿，让司马懿以为他还活着，以让蜀国军队安全撤离。诸葛亮真正做到了为国为民，死而后已。为了国家，他榨干了自己的最后一滴血，也把自己活成了一个传奇：治国能手、文章大家、军事高手、发明大师……

他留下了《出师表》、孔明灯、木牛流马、八阵图、诸葛连弩……

司马懿对他也是连连赞叹："诸葛亮真是个天下奇才！"

可惜，他终究输给了时间，带着无尽的遗憾去了天上。随后，司马氏夺取了曹魏的天下，建立西晋。西晋末年，都城洛阳处于风雨飘摇之中，朝廷内部整天斗来斗去；城池外面敌人虎视眈眈，北方已经失去了可以让各大门阀家族安稳喝酒吃肉、游乐嬉戏的环境了。出身顶级门阀贵族的王导乘机对琅琊王司马睿劝说道，我们走吧，去江南，江南富庶繁华，咱们一起去那里创造属于自己的地盘。

司马睿点点头，这个可以有！他带着一帮北方望族来到南方建康（今江苏省南京市），其中就有干宝一家。

干宝：
来，给你们讲点有趣的神鬼小故事

——《搜神记》（干将莫邪；连枝共冢）

修史用干宝，绝对好

干宝出生于汝南郡新蔡县（今河南省新蔡县），后跟随父亲干莹移居嘉兴。他的祖父干统曾是三国时期吴国的奋武将军，封都亭侯；他父亲的官不大，但好歹是名门之后。干宝从小读书时就非常刻苦，钻研过阴阳五行、人物传记等，知识广博。成年后，他担任过盐官州（今浙江省海宁市）别驾（刺史的下属官员），因为学识丰富，又被征召为佐著作郎，又因为懂得阴阳五行而被派遣参与征讨杜弢之乱。

干宝成了多功能的人物，哪里需要他就到哪里，因此得到了朝廷中重量级人物——王导的赏识，从此，他的人生开启了"开挂模式"。

司马睿刚称帝时，江南地区尤其是门阀士族的思想很混乱，咱们世世代代在这里吃香的喝辣的，怎么突然蹦出个司马睿要当我们的头头呢？他是谁，从哪里来？为什么他能做皇帝？司马家族的人真能治理好我们江南地区吗？

两晋时期，门阀士族的权力比皇帝还大，他们拥有大量的土地和财富。没有科举考试之前，人才的选拔只能靠官员们举荐（比如察举制），这种制度在雄才大略的帝王手中是发现人才的好工具，但是到了懦弱无能的帝王手中，就成了人才晋升的障碍。东汉末期，推荐人才的权力逐渐掌握在地方和中央大族的手里，他们世代为官，相互举荐，今天商量好了你选我家儿子，明天计划好了我荐你家孙子，人才互相举荐成了贵族圈子内的游戏。这些家族长期盘踞在地方，有钱、有权、有地，还有人，逐渐成了名门望族。

这些家族的子弟始终位居高位，他们可以优先挑选权力大、待遇好的官职。他们掌握了人才的评价权与推举权，门生故吏遍布天下，门阀士族之间形成了一张牢固的关系网。

出生在门阀士族中的人，都有强烈的优越感。而如果你一出生就有权有钱，什么都不愁，自然要拼命维护这样的规则，万一失去了，多可惜？

怎么办？确立严格的等级制度！

门第高的只能和门第高的人通婚，鼓对鼓，锣对锣，家庭条件当面说清楚。至于灰姑娘与青蛙们，请靠边站，别在我们家门口丢人现眼。

西晋与东晋都是在门阀士族的支持下建立的，所以历代皇帝干什么事都得听门阀士族的。皇帝想要干点事，得先让门阀士族同意，否则根本推不动。

门第较低、家世不显赫的家族则被称为"寒门"或"庶族"，就算你家拥有土地与财产，自己身怀才艺与德行，也只能处于鄙视链的底端。那些连寒门都称不上的普通百姓就属于"臭鞋垫"，整天被人踩在脚下，还会被指着鼻子说：臭，滚远点！

因此，王导除了利用自己顶级门阀的身份帮助司马睿搞定江南士族，还建议司马睿设立专门的史官，记录、编写西晋的历史，歌颂历代君王的事迹，让天下的门阀大族子弟们看看，司马家族一直是正统的皇族，谁都不能否认。

司马睿觉得可行，抬高祖宗的地位不就是抬高我的地位吗？

于是，才气纵横的干宝被王导推荐去专修国史——《晋纪》。但是，皇家编辑的工资待遇不高，干宝觉得只做这份工作，养家糊口压力大，就请求担任山阴（今浙江省绍兴市）县令。反正我向来一人多用，当官不影响修史。后来他又升任始安（今广西桂林市）太守、司徒右长史（成了王导的助手）等职。干宝的官越做越大，事情也越来越多，他却能一心多用，合理规划。最终，他不负重托，以晋武帝、孝惠帝、孝怀帝、孝愍帝等四帝年号为纲要，记录了西晋高祖宣帝、世宗景帝、太宗文帝的事迹，里面涉及了三国、西晋时期的主要历史事件。语言简洁明了，叙述客观委婉，众人看后纷纷对他竖起大拇指，修史用干宝，绝对好！

但是，修正史好像并不能让干宝感到快乐与满足，写皇家的历史时无法绝对客观公正，毕竟你拿着晋王朝的工资，怎么能说皇家的不好呢？在修史的过程中，他找到了一个新的爱好，那就是收集各地的传说、鬼怪、仙侠等故事。

咱的想象力就是这么发达

东晋时期，人们都喜欢谈论鬼怪传说、得道成仙的故事。因为上层士族和中下层庶族虽然政治地位和生活质量差别很大，心情却差不多——苦闷无聊。士族子弟不想做事也不必做事，他们纷纷主动躺平！寒门子弟想做事却没有机会，只得被动躺平！东晋成了一个人人躺平的朝代，一潭死水的朝代。

这个时期，文人根本不需要主张积极入世、治国平天下的儒家思想。士族子弟一出生就在别人难以企及的巅峰，所以他们不爱干活，也没闯劲儿。当全国的土地、财富基本都是你家的，连皇帝都要给你赔笑脸时，你还奋斗个什么劲儿？他们最想要的是长生不老。而那些庶族子弟呢？就算打了鸡血，也无法翻身，更不可能有机会治国平天下，他们只能寻求其他的解脱方式。

大家都幻想着得道成仙，希望有一天能成为天外飞仙，摆脱无聊的现实世界。众人都迷信宗教，编造了各种光怪陆离的传说，神仙鬼怪的故事变得很有市场——底层人借故事发泄不满，上层人借故事憧憬仙界。

听着这些真真假假的故事，干宝觉得很好玩，随之便萌发了一个想法，何不用我的笔对它们进行再创作呢？让它们变得更好看，更深刻。

我一出生便在山顶，无聊。

寒门拒绝入内

沿着固定的道路上升，无聊。我只想做神仙。

笑

我给你们讲点儿神仙妖怪的"八卦头条"。

于是，干宝有了新的奋斗方向。他用心倾听、收集来自不同地方、各个人物的传说故事，然后根据需要进行剪裁、改写。比如，《干将莫邪》的故事很早以前就有，还被西汉的刘向收录进了《列士传》和《孝子传》中。关于这个故事，有很多个版本，但是，干宝笔下的《干将莫邪》更加生动。

据说，楚国的干将、莫邪夫妇乃是铸剑高手，受命为楚王铸造宝剑。他们精心打造了三年才造出两把宝剑——雌剑和雄剑。可是，楚王生气了，还高手呢，造个剑要三年，你们这是故意拖时间骗工资吧？只要我得到宝剑，就把你们杀了。

干将预感到不妙，看着快要分娩的妻子，说："我三年才铸成这两把剑，楚王肯定很生气，他得到剑之后必定会杀了我。如果你生的是男孩，等他长大后就告诉他，出门望向南山，有一棵长在石头上的松树，另一把宝剑就藏在树的背后。"说完，干将带着雌剑去见楚王。楚王让人检视那把剑。那人说："这宝剑有两把，一雄一雌。如今只送来了雌剑，雄剑呢？"楚王大怒："来人，把他杀了。"就这样，干将被愤怒的楚王杀了。

后来，莫邪果然生了个男孩，名叫赤。赤长大后，看到别的小孩都有爸爸，就问："妈妈，爸爸去哪儿了？"母亲看着勇敢的儿子，就将他的父亲铸剑被杀的经过详细地诉说了一遍。听到父亲的遭遇，赤的心里燃起了复仇之火，老爸，我要为你报仇！虽然他没看到南山，但他注意到屋子前的松木柱子下边有块石头，也许父亲的宝剑就埋在下面。于是，他用斧头劈开了石头，果然看到一把寒光四射的雄剑。

一天，楚王做了一个梦，梦到一个相貌不凡、英气逼人的男子，他眉毛如剑，目光冷峻，隐隐约约听他喊着"我要报仇"！楚王惊醒了，哎呀，梦到的肯定是干将的孩子。他赶紧悬赏千金捉拿梦中人。听到消息后的赤只能逃往深山。他越想越悲伤，还没跨出报仇的脚步，就遭到了敌人的追捕。唉，我该怎么办？他哭着唱起了悲歌。一个四处游走的侠客寻声而来，好奇地问道："你一个年纪轻轻的大好男儿，为什么独自在这里哭泣呢？"

赤将事情的经过说了一遍，为自己不能报仇而难过。侠客感动了，想要报仇也不难，我这"大侠"的称呼可不是白叫的。于是，他直接说道："楚王用千金悬赏你的头，你是跑不掉的！但是，如果你能献出你的头和宝剑，我是可以为你报仇的。"

"太好了！"赤激动地说，"只要你能帮我报仇，我又怎会在乎自己的小命和宝剑？"随即，他眼睛眨也不眨地挥剑割下了自己的头，两只手捧着头和宝剑，尸体直直地站着，不肯倒下。侠客点点头，说道："我绝不辜负你！"听了大侠斩钉截铁的回答，赤的尸体才安心地倒了下去。（对话简单直接，表现了两个男人的坦诚，以及豪气冲天、干脆果断的性格。）

侠客提着赤的头和宝剑前往楚国皇宫。楚王看到赤的头后非常开心，大侠就是大侠，厉害！侠客淡淡地说："这是勇士的头颅，只有在沸腾的大锅里才能把它煮烂。"楚王点头称是，不煮烂它，这大眼睛珠子瞪着我，多恐怖啊！赶紧的，摆大锅，放水，点火。

可是，神奇的事发生了。赤的头在沸水里煮了三天三夜，依旧如初，有时，居然还能跳出水面，瞪大眼睛愤怒地看着前方。楚王惊得一身冷汗，我的妈啊！死了还出来吓人！

侠客乘机说道："这个人的头煮不烂，是因为有怨气。如果您上前来靠近大锅，让他看清您的样子，他的怨气自然就消散了，头也必然会烂的。"楚王觉得侠客说得有道理，赶紧跑过去，伸着脖子看沸水里的头。侠客猛然拔出干将当年造的雄剑，挥剑砍去，楚王的头像块石头一样"扑通"一声落入水中。哎呀，上当，完蛋了！

侠客也早就做好了赴死的准备，他根本就没想要逃跑，挥剑砍掉了自己的头。他的头也落入了锅中。很快，三个头全都被煮烂了，无法分辨哪个是楚王的头。楚国大臣蒙了，唉，算你狠，和咱们大王抱团死，让我们分不清谁是谁。最后，楚国大臣只能将锅里的肉和汤平均分成三份，逐一按照君王的等级埋葬了，统称"三王墓"，现在，这个墓就坐落在汝南北宜春县。（侠客很有谋略。直接刺杀楚王，未必能成功。骗楚王靠近大锅，咱们一同熬成汤，谁也不能忽视我和赤的存在，我俩死后也可以享受帝王般的待遇。）

这个版本的《干将莫邪》一经写出来，其他的版本都黯然失色了。

除了残酷血腥的复仇故事，干宝还写了浪漫凄美的爱情故事——《韩凭夫妇》。

韩凭是战国时期的宋国商丘人，在宋康王手下做事，原本兢兢业业的他过着安稳的生活，直到后来，一个美女彻底改变了他的人生。

他有幸又非常不幸地娶了一个漂亮的老婆——何氏，两个人恩恩爱爱，总觉得幸福来得太晚了点。可是很快，厄运降临，宋康王看中了韩凭年轻貌美的妻子，二话不说就抢了去。

自己的老婆莫名其妙地成了王的女人。韩凭心怀怨恨，想要讨个公道。没承想宋康王猪八戒倒打一耙，将韩凭囚禁了起来，又找个理由随便给他定了罪，发配到城郊去修宫殿。韩凭从大臣变成了建筑工，他伤心欲绝。后来，他妻子暗地里托人给他送来一封信，信中说："久雨不止，河大水深，太阳照见我的心。"

读着妻子的信，他泪如雨下，做出了一个重要的决定。

宋康王从属下那里得到这封信，因为文化有限，看来看去也不知道啥意思，就拿给身边的大臣看。大臣苏贺思考片刻，说道："久雨不止，是说心中的愁思不止；河大水深，是指两人长期不得往来；太阳照见我的心，是内心已经确定要去死了。"

不久，韩凭就自杀了！

噩耗传来，何氏痛苦不已。富丽堂皇的宫殿，美味可口的佳肴，眼前的一切都不是她想要的。她的心早就给了丈夫，老公，你慢些走，等我！

有一日，何氏和宋康王在高台观景时，突然纵身一跃，落地而死。衣服里留下了她早就写好的遗书：王以我生为好，我以死去为好。希望把我的尸骨赐给韩凭，让我们两人合葬在一起。

宋康王看后暴跳如雷，心中充满无数问号。为什么？天下的女子不都希望做我的女人吗？为什么她不想？为什么？

你们还想死后在一起？我偏不让！于是，宋康王命人将韩凭夫妇分开埋葬，两座坟遥遥相望。并且他在坟前放下狠话："你们若能使坟墓合在一起，我就不再阻止你们！"

没想到，不到十天，两座坟墓上就长出了两棵碗口粗的梓树，梓树的树枝、根须纵横交错，连树干也弯曲相对。后来，树上飞来一雌一雄两只鸳鸯，在这里搭窝，住在一起，时不时发出凄惨的叫声。（这便是成语"连枝共冢"的来历，现在比喻爱情坚贞不渝。）

干宝的故事越写越多，但他依旧继续收集、埋头创作。

王导去世后，干宝被排挤成了边缘人，担任散骑常侍（皇帝顾问，属于有职无权的闲职），兼任著作郎。这样的岗位既轻松又自由，让他有了大量的时间进行创作。

经过多年的努力与坚持，干宝完成了著名的笔记体志怪小说集——《搜神记》，以记叙神异鬼怪故事、传说为主，里面的推理、历史、言情、奇幻、玄幻、恐怖、探险、架空等元素应有尽有，一部小说，万种故事类型，给后世的文人留下了无数的想象与创作空间。关汉卿的《窦娥冤》、蒲松龄的《聊斋志异》、神话戏《天仙配》及历朝历代的小说、戏曲，要么直接取材于《搜神记》，要么是受它的启发而再创作。

干宝收集神仙鬼怪故事，有人却专门收集名流故事，写了一本书，试图找出名流速成的技巧。

刘义庆:
顶级名流要从娃娃抓起

——《世说新语》(《咏雪》《陈太丘与友期行》)

既卷不动，也不想躺平

一个二十九岁的年轻人望着漆黑的夜空，一声长叹，为何要兄弟相残？

他是刘义庆，刘宋王朝开国皇帝宋武帝刘裕的亲侄子，长沙王刘道怜的次子。

十三岁，他受封南郡公。他的叔叔临川王刘道规英年早逝，没有儿子，他就被过继给刘道规，小小年纪，便成了临川王。因为勤奋好学，才华出众，他受到了宋武帝的大力点赞：小伙子，以后肯定是我们刘宋王朝的顶梁柱啊！

十七岁，当别人还处于懵懂的少年时期，他就登上尚书左仆射（相当于以前的副宰相）的位置，成了别人眼中的偶像。

可是，他的一切太顺利了，老天爷都有点嫉妒他，好事不能让你一个人全占了啊。

宋武帝去世以后，年仅十七岁的宋少帝继位，国家的权力掌握在徐羡之、傅亮和谢晦三位大臣的手中。看到少帝年幼无知，懒理政事，于是他们联手废掉少帝，迎立刘裕的第三个儿子宜都王刘义隆为皇帝，史称宋文帝。

走上权力巅峰的刘义隆，并未感谢三位大臣，而是陷入了对他们的恐惧与猜忌之中。他们能杀掉少帝，难道就不能杀掉我吗？万一他们对我不满意，又要拥立我的其他弟弟呢？

想要不被杀，那就得主动操起家伙，将他们统统杀掉！

宋文帝先后杀掉三位辅政大臣，又找各种借口杀掉了一批潜在的幻想敌。可是他越杀越迷茫，越杀越彷徨，到底能信任谁呢？人心隔肚皮，谁能看得清？失去了成就感、幸福感和安全感的宋文帝用怀疑的眼光盯着一切人，尤其是自己的兄弟和其他皇族成员，时不时就会给他们来点血腥事件。谁的本领高、风头大，他就搞死谁。他拉开了刘宋王朝骨肉相残和滥杀无辜的序幕，最后，甚至把刘宋王朝的定海神针——檀道济也杀死了。

处于政治斗争旋涡中的刘义庆渐渐感到胸闷气短，怎么办？留在这里，自己迟早也要完蛋！那就远离京城，躲到地方去！

于是，他请求辞掉左仆射的职位，到荆州担任刺史。到了荆州后，他也没有躺平，而是大力推动荆州的建设。

但宋文帝的猜忌心越来越重，你们在地方拼命搞振兴，想干吗？收揽人心？发展势力？回过头来把我干掉？

被人误会、猜疑的滋味实在不好受！躺平？真要天天躺着，无所事事，可就成"废柴"了。喝酒？长期饮酒有害健康！装疯？我已经快被逼疯了，还要怎么疯？

唉，终于明白魏晋时期那些人的苦衷了，身处压抑的环境中，想要不疯掉，还得有技巧！

对，我来看看魏晋名流是怎么自我开导、寻找解脱的。可他们的故事零零散散，看得不过瘾啊！嘿，有了，我身边不是有很多才华横溢的文人吗？让他们和我一起收集、编写魏晋名人们的有趣故事，这样不仅能让自己疏解压力，还能给后人留下缓解压力的妙方。

哈哈，找到人生奋斗的新方向了！文化可以丰富我的精神世界，提升活下去的信心。工作太上进，容易被猜忌。现在我编书，总不会被定成危险分子吧？

改任江州刺史几年后的刘义庆，开始组织文人编写一部如何成为顶级名流、潇洒人士的教科书——《世说新语》。他重点收集东汉末年至魏晋时期名人（主要是上层人士）的故事与传说，按照"德行""言语""政事""文学""方正"等三十六个方面对这些故事分门别类，每类又分为若干则，共有一千多则。有的故事短，有的故事长。

既然是名流教科书，到底怎样才算是名流呢？

编写这部书的文人们在身无长物、割席分坐的故事中给出了一些看法。

名流的基本修养

东晋大臣、外戚王恭出身名门望族，在享乐主义、奢靡之风盛行的东晋王朝算是个异类。有一次，他从会稽（今浙江省绍兴市）回来，亲戚王忱去看他，见他盘坐在一张漂亮的竹席上。王忱看见如此时髦的奢侈品，想着坐在上面肯定比较舒服，就对王恭说："你肯定带了很多这样的席子，能否送我一张呢？"

王恭心里咯噔了一下，你以为我像那些纨绔子弟，一出去就疯狂"扫货"，一回来就大包小包地送人？但是朋友开口了，自己也不能太小气了吧？虽然他当时没答话，可事后就把唯一的竹席送到王忱府上，自己换了张廉价的草垫子用。

听说了这件事的王忱既惭愧又惊讶，我们顶级豪门王家还有此等人物？于是他前来道歉："哎呀，我本来以为你一出去就会买买买，没想到会是这样，对不起啦！"

王恭叹了口气："看来你不了解我啊！我从来就没有多余的东西！"（《世说新语·德行》："丈人不悉恭，恭作人无长物。"成语"身无长物"出自这里，指除自身外再没有多余的东西，形容贫穷。）

王恭作为晋孝武帝皇后的兄长，深受皇帝的器重，他的地位如此高，死后家里却没有什么财产。

对于钱财，《世说新语》里的高人往往看得很淡。

汉末魏初的名士华歆年轻时和同学管宁一起在园子里锄草。挖着挖着，管宁看到地上有块闪闪发光的黄金，但他不为所动，依然挥动着锄头干活。

感到好奇的华歆上前捡起了金块，但看到管宁不为所动的样子，就有点不好意思。嘿，看来是我激动了！他赶紧扔掉金块。

管宁因为这件事对华歆的看法产生了微妙的变化。

另外一件小事，则成了两个人绝交的导火线。一天，两人同坐在一张席子上读书。一辆装饰豪华的车子从学校门前经过，学生们纷纷放下课本前去观看，华歆也在其中。管宁不闻不问，依旧认真读书。等到华歆回来，管宁做了一个惊人的举动，他拿起小刀，将地上的席子一分为二，华同学，你读书不专心，见钱就激动，不配和我做朋友！从此以后我们分开坐！绝交！（"割席断交"出自刘义庆《世说新语·德行》："宁割席分坐，日：'子非吾友也。'"意思是把席子割断，分开坐，比喻朋友绝交。）

小伙伴们看到后无语了。

其实，好奇心每个人都有，如果看到金块不捡，才不正常。违背人性的行为都是不理智的。华歆反而更加真实，有欲望但能克制，也不会为了名声故作清高。

华歆曾经和朋友王朗同乘一条船逃难，途中有个人想要搭他们的顺风船，华歆考虑到路上如果遇到盗贼，船太小会导致大家不好逃命，就没有同意。但是王朗为了显示助人为乐的品质，就说："船上还算宽敞，挤一挤的话，能带上一个人，为什么不同意呢？"

朋友都开口了，有所顾虑的华歆也不好再坚持，就让那个人上了船。果然，中途遇到尾随而来的盗贼，因为多加了一个人，小船的速度很慢。王朗着急了，怎么办？盗贼一旦追上，我们必定受伤。

他悄悄地和华歆商量："要不我们把中途搭船的人放下去？这样船就轻了，划起来速度也会快一些。"

华歆听后坚决不同意："不行，我先前之所以犹豫不决，就是考虑到可能会发生这种状况。但是，既然答应了人家的请求，怎么能出尔反尔？现在不能因为情况紧急就抛弃别人。"

说完，华歆就卷起袖子喊道："来，大家一起加油，用力划船！"最后，大家成功地摆脱盗贼，安全抵达了目的地。

从这件小事上，可以看出华歆的品质。先小人后君子，丑话说在前头，一旦答应了别人，就绝不出尔反尔。所以他得到了曹操、曹丕、曹叡等人的信任与重用。

当刚刚即位的曹丕下诏要求宫廷大臣举荐人才时，大度的华歆推举了管宁与王朗。甚至退休时，还想将自己太尉的位置让给管宁，可皇帝没有同意。

华歆既有大侠的风范，不计较个人得失，又不过分宣扬自己的名声，他算得上是顶级名流！

那到底怎样才能成为名流呢？

自然要从娃娃抓起。于是便有了《咏雪》《陈太丘与友期行》等故事。

一个寒冷的雪天，东晋淝水之战的功臣谢安正在举办家庭宴会，大家坐在一起谈论诗词歌赋。望着窗外的大雪，谢安想借机考察晚辈们的智商与才华，就问道："你们看，外面纷纷扬扬的白雪像什么？"

侄子（谢安哥哥谢据的大儿子，小名胡儿）谢朗迫不及待地表现道："这不就是撒在天空中的盐嘛！"

谢安无语了，这孩子的想象力倒是挺丰富，可哪有一点诗情画意呢？

这时，侄女谢道韫（谢安哥哥谢奕的女儿）站起来说："我看像随风飘舞的柳絮啊！"

哈哈哈！终于有个能撑得住场面的了！谢安高兴地笑了。后来，谢道韫成了著名的才女，还做了王羲之的儿媳妇，《三字经》中也有关于她的内容："蔡文姬，能辨琴。谢道韫，能咏吟。"

优秀的小孩除了智商在线，情商也得在线。

东汉时期的名人陈寔，曾做过太丘的行政长官，所以又叫陈太丘。他为官清廉，品行高洁，给儿子们树立了榜样。

他的大儿子陈元方从小就与众不同。

一天，陈太丘和一个朋友相约去一个地方，两人约定正午在陈家见面。可正午已过，朋友没有准时赴约，陈太丘就先出门了。等朋友赶来，看到在门外玩耍的陈元方，就问："你老爸在不在啊？"

七岁的陈元方回答："他看您没来，已经走了。"

嘿，这个老家伙！等一下会死吗？对方生气地嘟哝着："什么玩意儿！明明和我约好一起去的，他却先走了！"

陈元方一听就火了，你怎么能在小朋友面前骂他父亲呢？但陈元方并没有直接开骂，而是有理有据地反驳道："您和我父亲约好正午走，却没有准时到，这叫不讲信用；现在您又不分青红皂白，

对着别人的儿子骂他父亲，这叫没有修养。"

呃……

这个朋友自知理亏，赶紧上前想要握住小朋友的手道歉。

陈元方不干了，这样不讲信用又没有水准的人岂能结交？"小丈夫"也有所为有所不为，不想和你这种人套近乎！于是他头也不回，走进了家门。

沉着冷静而又伶牙俐齿，陈元方已初具名流的样子。

十一岁时，他前去拜见当时大名鼎鼎的袁绍。自认为天下第一流的袁绍瞥了一眼这个小不点，问道："你父亲担任太丘长官，远近的人都对他点赞，他到底做了些什么啊？"

陈元方抓住重点，冷静地回答："我的父亲在太丘时，用恩德安抚强者，用仁爱对待弱者，让他们安居乐业，专心劳作。所以，大家越来越尊敬他。"

袁绍不屑地哼了一声，这不是我玩过的套路吗？于是说道："我以前在邺县担任县令时，也是这么做的。不知道是你父亲模仿我呢，还是我模仿你父亲？"

对方咄咄逼人，但是地位尊崇，还不能直接下他的面子，可是不给他点颜色看，岂不有损父亲的英名？陈元方回答："周公、孔子生在不同的时代，但他们的所作所为出奇地一致。周公没有效仿孔子，孔子也没有效仿周公。"

你和我父亲都是厉害的人，谁也没学谁！既给了袁绍面子，又挽回了父亲的尊严。

大名流袁绍对着小名流陈元方点点头，你牛！

其实，《世说新语》的主编刘义庆从小就兼具了谢道韫的才华和陈元方的冷静，可惜，名流终究逃不过英年早逝的命运。编完《世说新语》后，四十一岁的刘义庆就身患重病去了天上，做了仙界名流！

　　想要做名流，必须出身贵族，那如果出身低微的寒门，该怎么办呢？隋唐创立了神奇的科举制度，让无数底层文人看到了希望。所以，就算会被拍死在科考的沙滩上，他们也要乘风破浪！

韩愈:
就算拍死在沙滩上，我也得乘风破浪

——《马说》《师说》《进学解》《论佛骨表》

考试，一直在路上

韩愈很小时，父母就去世了。由哥哥抚养他，并教他读书。后来哥哥被贬到了韶州（今广东省韶关市一带）。唐朝时的广东并不发达，而是蛮荒之地。哥哥因为水土不服，加上心中郁闷，很快就病死了。

带着小叔子返回故乡的嫂嫂郑氏，虽是妇女，却有远见卓识，她认为贫穷人家想要翻身，就必须努力读书。小叔子，我负责赚钱养家，你负责读书开挂，咱们一起奋斗！

韩愈从小就养成了"斗士"的性格，与天斗，与地斗，与不公平的命运斗，斗他个天昏地暗，斗他个一马平川。清晨，他迎着寒风大声朗读；晚上，他对着星星安静思考。很快，他就把家里的藏书读了个遍，刻苦认真的小孩也变成了知识丰富的少年。

读万卷书，还得行万里路。一天，嫂子对他说："现在你长大了，去洛阳读书吧！到那儿可以开阔视野，结交名人。钱的事你不用担心。"少年含泪点点头，去哪里找这么好的嫂子？我一定要出人头地，凭实力让一家人过上好日子。从此，小镇少年变成了大城市的"蚁族青年"。

韩愈过上了苦行僧般的生活，"口不绝吟于六艺之文，手不停披于百家之编"。他常常读书到天明，手僵掉了，搓一搓；渴了，喝杯水；墨汁冻住了，吹口气让它融化。经过不断地抄写、背诵、练习、分析、总结，他终于有了自己的写作风格，自成一派，独步天下！

他信心满满地去参加科举考试，可是考了三次，均以失败而告终。唐朝的科举考试虽然给底层学子带来了希望，但卷子不糊名，考官们最终还是根据考生的家庭背景来打分，除非考生已经有了巨大的名气或者有重量级人物的推荐。

现实给了韩愈无情的打击，可他始终不相信眼泪。我要继续考！生命不止，战斗不息！

"蚁族青年"变成了"终极斗士"。

第四次参加考试，他勉强通过，进士及第。但还没等他张开大嘴笑个够，现实又重重地敲疼了他的门牙！

第二年，韩愈信心满满地参加吏部考试，却失败而归。

在唐朝，考中进士并不意味着马上就有官做。一般，考生考中后，先要在家里蹲三年，这期间没有工资，没有编制，叫守选期。三年一过，他们才有资格参加吏部组织的考试——关试（又叫铨选），考试时间一般在春天快结束时，因此也叫"春关"。关试要求非常严格，注重考生的身（体貌丰伟）、言（言辞辩正）、书（楷法遒美）、判（文理优长），兼顾德、才、劳三个方面。

而吏部一直是权贵们的老巢，吏部尚书由一流门阀出身的贵族担任，他们在人才选拔上偏重出身。即使你凭借优秀的成绩通过了科举考试，到了吏部，也会受到刁难，"书、判"算是客观题，可"身、言"呢？就说你没气质，你能怎么办？

关试是吏部每年举行的常规考试，但是每个新进进士一等就是三年，家里没矿，实在熬不起。所以，关试引起很多考生的不满。为了让那些特别有才的考生脱颖而出，吏部又推出了科目选，分为"博学宏词科"和"书判拔萃科"。前一项考试注重考文采，后一项考试注重考书判能力。

通过科举考试的人或者在职官员都可以参加，尤其是科举出身又没编制的文人不需在家守选三年，可以直接参加考试，考中立即"入编"。但是，这种科目不仅难度大，录取率也低，主要是为了选拔"千里马"、天才或超级关系户的。

通过吏部考试后，考生才能走马上任，进入官场。

为了绕开漫长的守选期，韩愈参加了吏部的博学宏词科考试。可是，这次考试他只拿回四个字——"谢谢参与"。

考生经过科举和关试的层层蹂躏，要么疯掉，要么穷死；要么意志消沉，要么百折不挠。不过"斗士"韩愈这时也有点扛不住了，因为他非常敬重的嫂子因常年劳累追随丈夫而去了，他回到家乡，为嫂子守丧。

命运给了韩愈灰暗的道路，他却拨开荆棘，勇闯天涯。五个月的守丧期满，他又接连两次参加吏部的博学宏词科考试。可上天依然对他说：勇气可嘉，下次再来！

失败让他开始反思：要不走走关系，做点营销推广？

于是，他给当时的宰相赵憬写了三封信，宰相大人，给我个机会吧！

《后十九日复上宰相书》就是他给赵憬写的第二封自荐信——第一封信寄出十九天后没有收到答复，他又写了这一封。我已经历练很多年了，虽然智商、情商时不时掉链子，但"逆商"始终在线！我排除艰难险阻，不停往前走，现在不仅穷得叮当响，还饿得肚子咕咕叫，我已经放开喉咙大声呼救。宰相大人您应该也听到了吧？您是会走过来拉一下我这个可怜的人，还是坐在一旁不管呢？

其实，不是他写得不好，而是写信自荐的人太多，也许宰相赵憬根本就没看到。

"斗士"再狠，也怕饿肚子，韩愈开始四处找工作。在唐朝，除了考试，文人的另一条出路就是被人荐举，去做地方长官的助手、秘书等。因为唐朝特殊的幕府制度，地方长官奏请朝廷以后，就有资格任命亲信、名人担任自己的属下。等于说新科进士在守选期间也可以担任一定的官职，不用等编制了，但这样的官职一般不会太高，升迁也会受到影响。

韩愈先后做了宣武节度使、徐泗濠节度使的幕僚，他一边工作，一直继续备考，总结之前的失败经验，反思朝廷考试方式的弊端。

古文运动，一直在进行

魏晋南北朝时期，宫廷内的人争权夺利，闹得血雨腥风；宫廷外战乱不断，尸横遍野。人生无常，大家缺失信仰，毕竟自己都不知道哪天就没了，还不赶紧享受？这时期，文人的文章风格也变了，不再是先秦的散文、汉朝的政论文，谁想听你唠叨？一种脱胎于汉赋的新文体——骈文出现了。骈文注重对偶，讲究声韵，辞藻华丽，内容优美。一般采用四字、六字排比对偶句，所以又叫"四六文"。统治者和官员们都喜欢这样的文体，因为骈文看起来形式整齐，读起来气势磅礴，让人有种一统江山、舍我其谁的快感。

我就是王者，我就是这么帅气，我就是这么霸气！

消费刺激了生产。由于皇帝、大臣们的喜爱，大家纷纷学习骈文，吴均、陶弘景、郦道元成了写骈文的高手。

但是，到了后来，骈文变得越来越僵化，越来越死板。大家写文章时只追求形式上的美观和韵律上的和谐，忽略了文章的内容与思想，引起越来越多人的不满。考试考骈文，工作写骈文，人人读骈文，烦不烦啊？累不累啊？腻不腻啊？

天天沉迷享受，王朝岂能长远？所以，南北朝时期政权更迭频繁。

到了唐朝，为了国家繁荣稳定，大家纷纷献言献策，皇帝又能虚心纳谏，整个王朝积极向上、充满活力。科举考试的出现，让长期处于中下层的文人看到了希望，治国平天下、致君尧舜上成了文学作品中永恒的主题。骈文也慢慢开始向质朴、务实的散文转变，人们从神鬼故事的幻想之中清醒过来。因为只要考中科举，还是有机会逆袭翻身的。

可是，科举考试中的文章依旧是骈文至上，官场、社会上也依然以骈文为主流时尚。

韩愈心想，我们先秦、两汉时的祖宗们写的文章质朴自由、奔放有力、内涵深刻。说点大白话有什么不好，非要搞形式主义吗？为了气势，搞一堆排比句，难道应试作文只能写一种形式吗？难道不能骈散结合？只有骈文可以得高分？考试的评判标准是不是出了问题？就不能写点有真情实感、形式自由的文章吗？

"安史之乱"后，大家信仰崩塌，"宇宙第一"的大唐居然如此不堪一击！繁华落尽，自己该何去何从？藩镇割据，自己该如何应对？此时，统治者们用来享乐和显摆的标配——骈文，瞬间成了众人的眼中钉。

韩愈的想法得到了很多在底层挣扎的文人的大力支持，"韩粉"越来越多，这个团队也越来越强。一不小心，他成了文艺界的带头大哥。韩愈向先秦散文和两汉史传文、论说文学习——写作时，不受格律和形式的束缚，用通俗、质朴的文字自由抒写心中所想，让文章不再局限于一种形式，为文章注入了精神内涵。

望着窗外一轮明月，微微的凉风吹来，韩愈想着自己多年来的失败，再一次喊出了心底的最强音：千里马常有，而伯乐不常有。在凄风苦雨中奔走了多年，却无人赏识。处于底层的人就活该一辈子被贵族踩在脚底下吗？俗话说，是金子总会发光，但在深山老林里发光又有谁能看见？天下不是缺少千里马，而是缺少善于发现千里马的伯乐啊！——"呜呼！其真无马邪？其真不知马也！"

不给待遇，不给关怀，再好的人才也会沉沦——"是马也，虽有千里之能，食不饱，力不足，才美不外见。"

韩愈用《马说》发出了时代的最强音。他辞去幕僚的工作，在洛阳隐居了一段时间。在这段时间里，他读书、写作，宣传自己的古文理念。他还亲自示范，写出了很多优秀的文章，如《原道》《原性》《原毁》《原人》《原鬼》，合称"五原"。他提出复兴儒学、文以载道的观点，渐渐掀起了一场浩浩荡荡、影响后世的"古文运动"。因为骈文风行了东汉、魏、晋、宋、齐、梁、陈、隋等八个朝代，所以苏轼称韩愈"文起八代之衰"，意思是一个人单挑八代风骚！

在对"古文运动"进行宣传之后，韩愈再次策马狂奔，去长安寻找伯乐。

此时，已名动天下的韩愈唱着"志忐"出发了，前往长安参加第四次吏部考试（关试）。这一次，吏部官员也无法忽视这个当之无愧的文坛"大佬"，纷纷给韩愈打出了"五星好评"。

韩愈终于进入了体制内，被任命为国子监四门博士（国子监分为七个学馆：国子、太学、广文、四门、律、书、算。每馆有十到两百个学生，负责教书的有博士、直讲、助教，校长为祭酒。韩愈博士负责四门"班级"）。

曾经屡战屡败、屡败屡战的韩愈如今吃上了皇粮，有了编制，兴奋的他特意请假前往华山游山玩水，他对着高山美景长啸一声：我也有编了！

科举如游泳　考场如大海

125

前后近十年，八次考试、六次落榜。在困难面前，只要你不低头，困难就会弯腰。

可是，韩愈的教书生涯并不那么开心。

成也文章，败也文章

唐朝的门阀士族虽然没有两晋时期那么坚挺了，但依然很有威势。唐高宗时期的宰相薛元超曾对朋友说："吾不才，富贵过分，然生平有三恨：始不以进士擢第，不得娶五姓女，不得修国史。"娶不上五姓女乃人生一大遗憾啊！

在众多门阀士族之中，有五个姓氏的家族堪称顶级豪门——陇西李氏、赵郡李氏、博陵崔氏、清河崔氏、范阳卢氏、荥阳郑氏与太原王氏。由于李氏和崔氏又延伸出两个分支家族，所以他们又被称为"五姓七宗"或"五姓七家"。别说宰相薛元超娶不到五姓七宗的女子，就连皇室公主都嫁不进这样的人家。当初唐文宗皇帝想把女儿嫁给清河崔氏，结果人家崔老爷不乐意了，你们李唐有胡人血统，拒绝你！

当时社会上依然存在着血统鄙视链，最高层的人连皇族子弟都看不上，怎么可能虚心向国子监的老师学习呢？

高官特权阶层的子孙可以荫袭家族爵位，进入官场，这叫"门荫官"。而中下层官员的子弟也可以做"流外官"：各个政府部门还有一些抄写、记账、管钱管粮的杂事需要人做，这些官职贵族看不上，但又必须有人干，便成了没有诗赋才华又有点背景的人的首选。"流外官"成了唐朝选拔中下级官吏的重要方式。

国子监的大部分学生都是"关系户"，他们将来不用参加科举考试也能做"门荫官"或"流外官"。谁还会听一个穷老师在讲台上讲课？谁还会跟你认真地学古文？韩愈的耳边经常会听到学生的讥笑声，你是什么玩意儿？学问未必比我好，我干吗要向你学习？看你那副穷酸样，还给我们讲人生哲学、灌"心灵鸡汤"？

被人忽视的韩愈很是郁闷失落。恰好这个时候，一个叫李蟠的学生特别谦虚好学。他钻研儒家经典，常向韩愈请教古文写作方法。韩愈激动万分，原来国子监也有咱的"粉丝"啊！于是，他为了纠正学风，写下了《师说》。在这篇文章中，他强烈批判了当时耻学于师的风气。看看人家古代的圣人，谦虚低调；再看看现在的年轻人，傲慢无礼。看看那些巫医、乐师等底层人，他们有不懂的便相互请教；再看看现在的那些士大夫，常常互相嘲讽。有的人教育子女要好好学习，而自己却鄙视学习，这样的人怎么能发挥榜样的力量？怎么能激发孩子的学习兴趣？

韩愈发出了基层教师的呐喊："是故无贵无贱，无长无少，道之所存，师之所存也。"谁有道理、有本事，谁就可以成为别人的老师！只要技术过硬、学问精深，就可以成为别人的老师！看一个人能否为师，为什么要把目光集中到对方的年龄、身份和地位上呢？孔子的老师那么多，有几个比他厉害？

但是，韩愈又怎么可能仅凭一篇文章就改变长期形成的社会风气呢？

他不甘心，不想就这样被埋没。于是他又到处寻找伯乐投"简历"。他的努力没有白费，朝廷提拔他为监察御史。这个官职虽然不高，但是担任此职的人很有地位，有弹劾政府官员的权力。

幼时的读书经历与考试时遇到的挫折磨炼了韩愈的意志，让他变成了一个真正的"斗士"。面对不平之事，他敢于直言，保持了一个读书人应有的品格。但这种性格在官场上未必吃得开。

贞元十九年（803年），京城长安周围发生特大旱灾，韩愈前往调查。到了灾区，韩愈看到灾民饿死了一大片，腐烂的尸体散发着难闻的气味，可是长安京兆尹李实却为了自己的官帽谎报灾情，声称周边地区虽然发生了旱灾，但谷子长得还不坏，今年肯定能大丰收。老百姓锣鼓喧天、鞭炮齐鸣，都纷纷称赞皇帝英明神武呢！

韩愈知道后愤怒了，这不是睁着眼睛说瞎话吗？他立刻写了一篇《御史台上论天旱人饥状》的奏疏，准备揭露李实的无耻之行。可是职场愣头青韩愈这次遇到了官场老油子，李实知道后，联合京城的官员来了个先下手为强。韩愈那小子不知道天高地厚，诬告忠臣也就算了，竟然还敢质疑陛下的管理能力，难道只有他才可以治理好天下吗？

皇帝大怒，从哪里蹦出来个不知天高地厚的人？别在我的面前晃啊晃！去连州阳山做个小县令吧。

寒冬时节，雪花飘飘，韩愈带着冰冷的心从繁华大都市去了落后小乡镇，从中央官员变成了地方小官。我到底做错了什么？

后来，他被赦免，当了法曹参军（一个检定法律，审议、判决案件的官职），又被召回长安正式担任国子博士。之后又做过东都都官员外郎（属于刑部，掌管刑狱诉讼）、河南县令、尚书职方员外郎（属于兵部，掌管全国地图、军备等），兜了一个大圈子，又回到了当初的起点——国子监，继续做大学老师（国子博士）。

不用买票就可以体验坐过山车般的刺激，韩愈晃晃悠悠地有些站不稳，怎样才能重回巅峰呢？

他一边教书，一边琢磨，终于想出了个好主意，提笔写下一篇著名的文章——《进学解》，献给了当朝宰相。

《进学解》是韩愈假托"课堂实录"的方式来发牢骚的文章。全文故意营造了一个生动的课堂环境：老师劝学生要好好读书，学生质问不好好读书能怎样，老师再予以解答，故名"进学解"。

在文章开头，韩愈向学生们讲述什么才是学习、怎样才能搞好学习——"业精于勤，荒于嬉；行成于思，毁于随"。然后再噼里啪啦地一顿教导：你们要好好学习，掌握一身本领，将来才能有出息。

学生们看着韩愈全身上下没有一件"名牌"，混到现在还只是个教书匠，竟然还在这里给他们传授成功经验？一个学生带着鄙夷的语气说："先生欺余哉！……记事者必提其要，纂言者必钩其玄。贪多务得，细大不捐。焚膏油以继晷，恒兀兀以穷年。先生之业，可谓勤矣……"（从这段话引出三个成语："焚膏继晷"，形容夜以继日地勤奋学习、工作；"细大不捐"，常指收罗的东西多，毫无遗漏，也形容包罗一切，没有选择；"业精于勤"，指学业的精进在于勤奋。）

什么意思呢?

韩老师啊,你不要在这里放"烟雾弹"了,你的确精通经史子集,学习刻苦,可最后怎么样呢?还不是在这里教书、发牢骚吗?

这是韩愈故意设计的虚拟课堂,借学生的嘴巴变相地夸赞自己不仅学问好、人品好,而且什么都好。又借学生的嘴巴感叹:老师你现在混得这么差,读书有什么用呢?看看你现在的样子,冬天没钱买炭,儿女们哭着喊冷;平时没钱买米,夫人只能饿着肚子。你的头发、牙齿早就光荣"下岗"了,身上衣服的"年龄"比我们还大,你还天天教导我们刻苦读书,读完就像你这样吗?

文章的最后,韩愈正面回答了学生的讥讽:世界上的人才各有所用,像我这样不受欢迎的人,皇帝和宰相不把我赶走,还安排我到大学教书,已经是天恩浩荡了(这是变相地夸赞宰相,大人对我太好了。毕竟是要写给宰相看的嘛)。你们只要认真学好知识,有了比我强的本事,在这样英明的皇帝和宰相的领导下,还怕不被重用吗?

整篇文章采用一问一答的课堂实录方式,借学生的嘴巴,委婉地说出自己的想法,顺便拍了下宰相大人的"马屁"。用形式博眼球,内容读着也有趣。宰相看了之后,笑眯眯地拍着大腿,韩愈这小子不仅有才华,而且挺会做人,不错!

调他去编修历史(任史馆修撰,又称国史馆修撰,负责掌修国史)吧!

韩愈大脑开了窍,智商呱呱叫!韩愈后来升任考功郎中,又迁任知制诰。考功郎中是官衔,属于吏部;知制诰是实职,撰写百官的任免通知书，类似于皇帝的秘书。不久，又因功升为刑部侍郎（刑部副长官）。

可是，韩愈天生的"斗士"性格很难改变，刑部侍郎的宝座还没坐热，他又要凉凉了！

当时有人为了制造轰动效应，说在凤翔县法门寺的一座塔内藏有一节指骨，乃是释迦牟尼的遗骨，称为"佛骨"。

唐宪宗一听，赶紧命人将佛骨迎进长安供奉，希望佛骨能给自己带来好运，助自己长生不老。到了皇帝这个位置，什么都可以得到，唯独长生不能。所以很多帝王拼命追求长寿、长生和升仙，他们太不想死了。明知不可能，偏要向前进，万一实现了呢？

古代的祥瑞大部分是下面的人假造出来的，最终目的就是升官发财。这些人假造一百次，有一次得到皇帝的喜欢，立刻就能飞黄腾达。成本不高，风险很低。反正皇帝肯定爱听，谁不希望自己统治时祥瑞频现、神仙下凡呢？

至于这节手指骨，鬼才知道是哪个人的。

当上刑部侍郎的韩愈觉得智商受辱，佛骨？您老人家还是多关心关心人骨吧！很多百姓饿得两眼发晕，尸体烂在野外，您不去管？于是他上了一篇火药味十足的奏章——《论佛骨表》。这篇文章文采飞扬，论说有理有据，却犯了一个他经常犯的错误——耿直。在这篇文章中，他说自东汉以来，凡是帝王痴迷佛教的王朝都很短命，比如南朝梁。梁武帝祭祖不杀生，自己不吃荤，皇帝不做，三次出家，结果呢？被叛军包围，自己被活活饿死。

唐宪宗看完后愤怒了，放肆！你这不明摆着咒我死吗？

文中还说，如果陛下您把佛骨迎到宫中，浪费钱财供奉这么一节骨头，必会"伤风败俗，传笑四方，非细事也"。意思是说会让百姓们笑掉大牙，这可不是一件小事啊！

韩愈把自己当成了魏征，可惜他遇到的不是李世民。

杀，杀！老子要杀掉这个不知天高地厚的蠢货，把他碎尸万段！

看到事情闹大了，大家赶紧为韩愈说好话，他本心也是为国为民嘛！

唐宪宗听后冷静下来，韩愈这种人嘴巴虽然臭，但没什么坏心眼，难道那些夸赞我的人就不会在背后嘲笑我吗？因为别人说错话而杀人，岂不显得我不够大度？想要镇住这帮大臣，虚心纳谏的形象还是要立起来的。

但韩愈死罪可免，活罪难逃，他被贬到了离京城十万八千里的潮州做刺史。五十多岁的韩愈站在凛冽的寒风中，捋着顽强驻扎在头皮上为数不多的白发，深深地叹了一口气，唉，我又犯什么错了？难道说几句真话也不行吗？

唉，成也文章，败也文章！上路吧！韩愈孤身一人向千里之外的蛮荒之地行去。

后来，唐穆宗继位，向韩愈发来邀请函：

来国子监！

当老师吗？

不，当校长！

韩愈升任国子监祭酒。顶着名人的光环，在学生的掌声中，

"终极斗士"又回来了！国子监耻于求教的氛围被他来了个彻底"大扫除"。

晚年的韩愈终于悟出了官场真经，他先后担任兵部侍郎、吏部侍郎，高官加厚禄，生活乐悠悠。可是，长期的呐喊与挫折，让他身体的"零部件"运转失灵。

感觉疲惫的他向朝廷提交了辞职信，累了困了，我要回家！

824 年，五十七岁的韩愈在长安城南的家中病逝。

在唐朝的"古文运动"中，韩愈不是一个人在战斗，柳宗元也通过创作散文的方式来支持、回应他。

柳宗元：
一个外地客成了永州的代言人

—— 《三戒》《永州八记》《捕蛇者说》

运气好得上天都嫉妒

在唐朝，很多才华横溢的人考到老、考到死也未必能够考中，柳宗元之所以如此年轻就一次成功，除了他有才华，还和他的家庭有关。

柳宗元祖籍河东郡，河东柳氏与河东薛氏、河东裴氏并称"河东三著姓"。他祖上世代为官，柳氏在当地属于名门望族。隋唐以后，门阀制度依然具有强大的影响力，一个人只要出身名门望族，就会赢在人生的起跑线上。柳宗元的父亲担任侍御史等职，他的母亲出身范阳卢氏。魏晋南北朝至隋唐，范阳卢氏中为高官者不计其数，像卢照邻、卢慧能（慧能大师，禅宗六祖）这样的文化名人更是数不胜数。唐太宗李世民将"崔、卢、王、谢"列为天下四大家族，卢氏因此被视为天下的顶级豪门。

出生在京城长安的柳宗元一直跟着母亲在自家的京西大庄园里生活，身为大家闺秀的母亲亲自对他进行启蒙教育。后来，京城发生战乱（建中之乱），他和母亲投奔了在外做官的父亲柳镇。之后，柳宗元跟着父亲接触了社会，结交了朋友，渐渐地有了名气。

京城叛乱被平定之后，柳宗元又回到长安，被选为乡贡（指不在学馆或正规学校上学的私学学生，先经州县考试，合格后再被推荐去尚书省应试），参加进士科考试。唐朝的科举考试分为解试和省试两级：解试又叫乡试，是由州县（地方政府）举行的考试或者中央公立学校组织的毕业考试；省试是由中央机构——尚书省组织的全国统一性考试，考场设在礼部贡院。通过这个考试的人，才算正式考中进士，拿到官场准入证。

"乡试"的第一名叫"解元"或"解头"，"省试"的第一名叫"状头"或"状元"。

在其他州县参加"乡试"和在京兆府长安参加"乡试"的效果完全不一样。唐朝时，考生有京城户口会在考试中"加分"。一般来说，通过京兆府"乡试"的人之后基本会是一路绿灯，考省试不是问题，考中状元也有可能。所以，抢夺京兆府的"解头"成了权贵子弟考试中的重头戏。

虽然史书上没有详细记载柳宗元考试前的"行卷"活动，但是完全可以想象得到，根本不用他跑关系，出身豪门的父亲、母亲以及身份高贵的亲戚们随便动动口就能让他上通榜（阅卷人有权参考被推荐人平时的作品和才气来评判其成绩；王公贵族、达官名人、文坛领袖等有地位、有名望的人都可以向主考官推荐人才，一起预先拟定考试录取名单，叫"通榜"。而考生为了得到别人的推荐，考前会到处找关系献上自己的作品，求重量级人物帮自己说好话，上通榜，这叫"行卷"），何况他还是京城户口。

所以，柳宗元年纪轻轻就通过了科举考试，接着又轻松通过了吏部的考试，在中央担任集贤殿书院正字（官阶从九品上）。对比一下多次参加科举、吏部选拔考试的韩愈，柳宗元简直幸福得像花儿一样。

也许是看他集万千宠爱于一身，老天都有点嫉妒他了，就给他来了点意外打击。

积累了中央和地方各个部门的基层经验以后，柳宗元升任监察御史里行，这个官职主要负责监察百官。职位虽然不高，权力却不小，让他有机会接触到官场的上层人士，深入了解政府办公中的痛点、难点。物以类聚，人以群分，正直的他认识了很多志同道合的朋友，他们聚在一起讨论国家大事，对国家遇到的困难提出解决方案，并有了一个共同的理想：恢复盛唐的风采。

此时的唐朝，外有藩镇割据，内有宦官专政。宦官贪污横行，他们经常借着采买皇宫物品的名义，公然在街上抢夺，导致民不聊生。宦官看中哪家的东西，就随意拿走，这是皇宫要的，还需要给钱吗？大家称之为"宫市"。白居易的《卖炭翁》里写过这种情况，卖炭人辛辛苦苦烧了一车炭，结果被太监超低价掠走。

老百姓成了宦官们享乐的免费供应商，甚至那些饲养皇宫宠物（五坊：雕坊、鹘坊、鹞坊、鹰坊、狗坊）的小宦官（人称"五坊小儿"）也纷纷加入"共享百姓财物"的队伍中。你们的就是我们的，我们的还是我们的。

上有所好，下必甚焉。

地方节度使通过进奉钱物和皇帝、太监套近乎。有的每个月进贡一次，称为"月进"；有的每日进贡一次，称为"日进"。很快，刺史、幕僚们纷纷效仿，"山寨"也得保证质量，人家送什么，咱绝不能比人家差啊！

为了维持源源不断地进贡，官吏们只能贪污受贿，一层剥一层，老百姓成了食物链底端待宰的羔羊，他们连五脏六腑、骨头架子都被榨得干干净净。

污水横流的唐朝奄奄一息，怎样让它重新站起来呢？

恰逢唐德宗驾崩，太子李诵（唐顺宗）继位，年号永贞。唐顺宗上台后重用改革派人物王伾、王叔文等，与王叔文政见相同的柳宗元也被提拔。其他诸如韩泰、韩晔、刘禹锡、李景俭等人也都聚集而来，他们手拉手，一起走，共同拉开了"永贞革新"的序幕。

以唐顺宗、王叔文为首的改革派，采取措施打击藩镇与宦官，取消宫市、进奉，罢免五坊宦官，整顿税收，惩治贪官……

病入膏肓的唐朝渐渐有了重新雄起的希望。但是敌人也不是吃素的，触犯我们的利益？杀！一时间，宦官、贪官、藩镇等结成"复仇者联盟"，他们有刀、有人、有钱，制订好计划后，开始疯狂反扑。

而改革集团的老大唐顺宗突然身患重病，神志不清。以俱文珍为首的宦官、贪官联合地方藩镇向朝廷施压，皇帝脑子都不清楚了，就不要让他做了，换新人来做吧！

他们拥立广陵郡王李淳为太子，改名为李纯。

唐顺宗被迫禅位，唐宪宗马上继位，史称"永贞内禅"。一朝天子一朝臣，新皇帝为了感谢宦官们的支持，贬王叔文为渝州司户，贬王伾为开州司马。王叔文很快被赐死，王伾不久病死，持续了一百八十多天的"永贞革新"就此宣告失败。集团中的其他重要人物也都被贬到偏远的地方当了司马（可以领工资的虚职，多用来安置贬谪官员），后人称其为"二王八司马"——两个王姓核心人物，八个骨干分子。

柳宗元成了永州司马。

我为永州免费代言

如日中天的高官变成了不受待见的小官，没有房子住，柳宗元只能寄居在寺庙。不到半年，他的母亲又去世了，他的心情可想而知。他在反思，到底是为什么？他写下了三篇著名的寓言故事——《三戒》：《临江之麋》《黔之驴》《永某氏之鼠》。"三戒"出自《论语·季氏》："君子有三戒。"既劝诫自己，也劝诫别人。

三个小故事很有意思！

《临江之麋》：幼年的麋鹿被猎人捡回去当作宝贝养起来，猎狗们只能望着肥美的小鹿流口水。迫于主人的压力，它们还和麋鹿一起玩耍。在这样"友善"的环境中长大的麋鹿以为猎狗都是自己的好朋友。一天，麋鹿独自到郊外游玩，发现一群野狗。它兴奋地跑了过去，朋友，我们能不能一起玩游戏啊？肚子空空的野狗们点点头，你躺下，我们玩个吃肉肉的游戏。结果，麋鹿被群起而吃之，只剩下了骨头架子。

《黔之驴》：黔地的老虎第一次看到驴，见对方身材高大，叫声吓人，以为是个实力派猛兽，始终不敢扑咬。但它一直在旁边试探性地撩拨，来啊，过来咬我啊！结果，驴子只会左腿一个慢动作，右腿一个慢动作！

嘿，原来是只纸老驴！怕什么！老虎大胆地扑上去，咬断驴的喉管，笑眯眯地饱餐了一顿。天上的龙肉我吃不到，地上的驴肉真美妙！

《永某氏之鼠》：永州有个怪人，因为刚出生的宝贝儿子属鼠，他从此便爱上了老鼠，从来不抓捕，因此家中的老鼠越来越多。老鼠们很兴奋，开始肆无忌惮地吃粮咬物。后来房屋换了新主人，他们看见到处都是老鼠，眉头一皱，展开了一场轰轰烈烈的灭鼠专项行动。一时间，老鼠们尸横遍野，不久便销声匿迹了。

柳宗元说出了自己写寓言的用意：有些人不考虑自身的能力，只是凭借外力逞强，激怒对方，最终引火烧身。有的人自以为可以一手遮天，有的人自以为可以狐假虎威，但是该来的总是会来！

可怜的麋鹿，分不清敌我；可悲的驴子，无德无才，外强中干；可恨的老鼠，抵不住恶报！

三则寓言中既有对朝廷小人们的愤怒——别看这些人现在撒得欢，小心将来被拉进整治清单；也有对自己改革行为的反思——自己本来就不强大，何必要和猛兽们对着干？于是，他将精力放在了游山玩水、钻研文章上。

永州三面环山，又有潇江和湘江两江汇合，处处有景，等着柳宗元去发现。

一天，他叫上几个朋友去郊外的竹林游玩。还没到竹林，水流声就远远地传来，仿佛人身上的玉佩相碰撞时发出的声音，清脆悦耳，好动听！他们砍掉了挡在路上的竹子，开辟着前行的道路。

从山崖上隐隐能看到一个小石潭，一股清凉袭来，身上的汗臭味顿时消散。走近石潭，发现它其实是一整块大石头中间凹陷的地方积水而成。石头的周边露出水面，成为小潭的边沿，就像一只装了水的大碗。周围是青葱的树木、翠绿的藤蔓，参差不齐，随风摇摆。

低头一看，哎呀，清澈见底的潭水中有百余条欢快游动的鱼，鱼儿们好像漂浮在空中。阳光直射水底，鱼的影子仿佛映在了水底的石头上。小鱼们一会儿呆如木鸡，一会儿如游龙戏水，来来往往，好生快活，好像在和他们几个刚刚到来的陌生人逗着玩，来啊，来追我啊！

向小石潭的西南方望去，整条小溪如同北斗七星一样曲折，好像蛇一样蜿蜒前行。溪水若隐若现，看不清它的源头在哪儿。柳宗元坐在潭水边，周围那么安静，安静得可怕，寒气透骨。

唉，这种地方漂亮是漂亮，可坐久了人容易忧伤！欣赏一眼，就走吧！

回来以后，柳宗元将所见所感写成了一篇游记——《小石潭记》（《至小丘西小石潭记》）。

寄情山水的柳宗元踏遍了永州的东西南北、犄角旮旯，写出了名垂青史的"永州八记"：《始得西山宴游记》《钴鉧潭记》《钴钴潭西小丘记》《至小丘西小石潭记》《袁家渴记》《石渠记》《石涧记》《小石城山记》。

八篇游记散文"直播"了永州的八处山水,它们独立成篇又前后连贯,文章短小又结构精巧,犹如精致的下午茶,简约而不简单,随意却很用心。

在永州,出身豪门的柳宗元有机会接触到很多的底层百姓,了解了他们的喜怒哀乐。

一天,他遇到一个姓蒋的人,从他口中听到了不可思议的事。蒋家人世代以抓捕永州本地一种特有的毒蛇为业,蒋氏的祖父和父亲都是被蛇咬死的,但他依然从事这种高危职业。

"为什么呢?难道你不怕死?"柳宗元不解地问道。

对方道出了其中的秘密。

原来,永州毒蛇晒干以后,用来做药,可以医治很多恶疾。太医院根据皇帝的命令收购这种毒蛇,谁要是能捕到这种毒蛇并上交,就可以免除全家的赋税。

就为了免除赋税?身在豪门的柳宗元不理解。一旦被蛇咬,小命可不保啊!

唉,宁愿被蛇咬,也不想被官员吵!姓蒋的人叹了口气,要是能好好过日子,谁会干这种玩命的活儿?

但是,你看看我的那些邻居们,他们一年忙到头,种地耕田,累死累活,全年的收入还不够交税。朝廷下达一个任务,下面就层层摊派,层层加码,一会儿这个官员过来催缴税,还不缴,想死吗?

一会儿那个小吏过来摊派，上面来任务了啊，有钱的出钱，有力的出力。最后遭殃的还是我们老百姓，我们压力山大啊！

邻居们因为受不了官府的赋税和摊派，死的死，逃的逃。而我家呢？只要一年两次按时交蛇，就不用交税。闲暇时，还能吃着小菜，喝点小酒。捕蛇，一年两次面对死亡；不捕蛇，天天面对死亡。

你说我是愿意捕蛇，还是愿意等死呢？

柳宗元听后惊呆了，原来最毒的不是蛇，而是严酷的统治啊！难怪孔子说"苛政猛于虎"！

他写下了《捕蛇者说》，希望朝廷官员能看到底层人民的疾苦。

柳宗元还创作了多篇清新生动、饱含真情实感的文章，间接地支持了韩愈的"古文运动"。天下的文人读着柳宗元的文章，纷纷感慨，原来不用骈文，也可以写出"现象级爆文"！

一晃眼，十年过去了。朝廷想起了被遗忘在角落里的柳宗元，特召他回京。与他一起回去的还有刘禹锡等"八司马"。

几个人原本等着被重用，却又因一首调侃诗被打入了冷宫。

正值春天，暖风习习。刘禹锡到故地玄都观踏青游玩，咦，这里什么时候种桃树了？我离开京城之前没有吧？望着灿烂绽放的桃花，刘禹锡心生感慨，写了一首诗——《元和十年自朗州至京戏赠看花诸君子》："紫陌红尘拂面来，无人不道看花回。玄都观里桃千树，尽是刘郎去后栽。"繁华的道路上，尘土扑面而来，人们刚刚看花回来。玄都观里的桃树有上千株，全是我离开京城以后栽种的。

结果，这首诗被与他敌对的人拿去兴风作浪，他刘禹锡是什么意思？讽刺我们这些人都是他离开京城以后被提拔起来的吗？他要不走，我们就不能受到重用是不是？就他一个人能干？就他们八匹老马聪明……

诗歌被曲意解读。小报告满天飞。当权者两眼一瞪，看来"八匹马"反思不深刻啊！对我们有意见？

再贬！

就这样，几个人又被贬到地方去做刺史。虽然刺史的官职比司马高，可是离家更远了。"好事者"刘禹锡被贬到了"穷山恶水"的潮湿之地——播州（今贵州省遵义市。当时只是人口不足五百户的荒凉之地）。刘禹锡无语了，我只不过是对着景物发个感慨，哪有那么多想法？我自己去倒不要紧，可是母亲已经八十多岁，去了肯定适应不了。可是不去，谁留在家里照顾她呢？

这个时候，他的好朋友柳宗元伸出了援手。他去的柳州虽然也偏远，但是冬暖夏凉，气候舒适，节奏慢，居家养老倒是很合适。于是他向朝廷提出要和刘禹锡换地方。此举感动了朝廷中的正直人士，他们纷纷为刘禹锡说情。最后柳宗元依然去柳州，刘禹锡则去了连州（今广东省连州市）。

"八司马"都被贬到"五谷不毛处"，好在还是地方一把手（刺史）。柳宗元振作精神，准备大干一场，改变柳州落后的风气。他把中原的文化与技术带到那里，鼓励老百姓开垦荒地、植树造林，还教他们打井取水。他不仅在当地发展教育，还鼓励当地人读书，他还亲自上阵，当起了兼职教授。

过了几年，唐宪宗大赦天下，在新任宰相裴度的劝说下，原来的改革派被陆续召回中央，柳宗元也在其中。只可惜此时的他已重病缠身，最后死在了回京城的路上。后来，柳州的老百姓专门建了一座罗池庙来纪念他，后改名为"柳侯祠"。

　　到了晚唐，全国从上到下沉迷于享乐，骈文、律赋又开始成为文坛的主流，韩愈、柳宗元开辟的复古风慢慢被冲淡，从五代到宋朝初期，文坛又成了骈文的天下。欧阳修等人也针对骈文过于注重形式发起过声势浩大的古文运动，把古文写作与科举考试、官位晋升进行利益捆绑，直接推动了政论文、散文的快速发展。

　　"唐宋八大家"之中，有六个散文大师便出自这个时期，而苏东坡以他出色的才华，更是将散文的创作提升到了一个全新的高度。

苏轼：
我坚信，没有愈合不了的伤口
——《赤壁赋》《石钟山记》《文与可画筼筜谷偃竹记》《记承天寺夜游》

戴着考霸的光环去上任

当年，"超级教师"石介在国子监"直播带货"《庆历圣德颂》，这首诗一时广为人知，传颂天下。有个四川少年正在高声朗读这首诗，他对范仲淹、韩琦、富弼、欧阳修四位"大哥大"充满了敬佩。他望着天空中的明月，心想，如果我将来能像他们一样，该多好。

此刻的他怎么也想不到，长大之后，他不仅成了文坛中的"大哥大"，还成了"超级大哥大"。

认真读书吧！努力考试吧！

嘉祐二年（1057 年），少年成了青年，在父亲的带领下，他和弟弟一起去参加科举考试，主考官正是大名鼎鼎的欧阳修。青年参加的礼部进士科考试总共有四场：第一场试诗赋，第二场试论，第三场试策，第四场试经义。

他在第一场诗赋考试中成绩很差，但在第二场考试中，他在《刑赏忠厚之至论》中的论说有理有据，辩才无双，展露的才华犹如黄河之水天上来，震惊了批卷的考官们。欧阳修以为是自己的学生曾巩的试卷，为了避嫌，他将这篇文章评为了第二名。

第三场考试的成绩没有历史资料显示苏轼得了多少名，估计中等偏上，第四场经义题他得了第一名。综合四场成绩，青年人顺利晋级。如果按照唐朝和宋朝初年的考试要求，诗赋在考试中的比重最高，逐场定去留，他这一次肯定落榜。幸好他在宋仁宗时代，碰到了慧眼识珠的伯乐欧阳修。

之后，欧阳修发现《刑赏忠厚之至论》的作者叫苏轼。他感叹地对好友梅尧臣说："这孩子以后肯定名扬天下，若干年以后，没人会记得欧阳修，只记得苏轼了！"

有人可能很惊讶，诗词天才怎么连第一场诗赋题也写不好呢？很简单，你让著名的作家去写高考作文，他们未必能得高分。诗赋题讲究严格的押韵和形式，一个押韵弄错，考卷就会不合格。

当苏氏父子三人名震京城的时候，却传来噩耗，苏轼的母亲程氏病逝家中。三人日夜兼程地赶回老家。

守制期满，苏轼被授予河南府福昌县主簿，苏辙被授予河南府渑池县主簿，他们都是县里一把手的小助理。因为他俩在进士科考试中的成绩并不靠前，所以只能从小地方的基层干起。

两人都有点不服气，我们要为自己的智商讨个说法。他们暂时没去赴任，而是在欧阳修的举荐下，积极准备参加嘉祐六年（1061年）的制科考试。

制科大多是皇帝心血来潮临时组织的考试，考试时间不固定，考试科目也不固定，成绩突出的人可以马上入编任职。这对在职官员和待编进士来说，考中就相当于上了跳跳板，升职、加薪、好运自然来。

制科考试科目繁多，科目的名字也很奇葩。有的科目平民百姓也可以参加，如高蹈丘园科、沉沦草泽科、茂材异科等；有的科目在职官员或有进士身份的人才可以参加，如贤良方正能直言极谏科、博通坟典达于教化科、才识兼茂明于体用科等六科。

制科考试难度极大，宽进严出。苏轼、苏辙参加的是贤良方正能直言极谏科，苏轼获得了第三等（最高等级），整个北宋只有四个人获得这一等的成绩。苏辙这次因为写了抨击皇帝的文章，被列为第四等。兄弟二人又联合表演了一次"凡尔赛式的炫耀"。

苏轼被授予大理评事、凤翔府签书判官。宋朝的官制分为官、职、差遣三种，官、职是虚衔，相当于荣誉称号，比如某某殿学士等；差遣才是实打实的职务，"大理评事"是"官"，"签书判官（协助地方长官处理政务）"则是"差遣"。他拿着中央荣誉证书，当起了市长助理。

在凤翔任职三年多，苏轼回到中央进入直史馆编修国史。这是很多文人梦想的职业，因为做这份工作时既可以读书，还可以点评历史人物。可惜，苏轼的妻子王氏、父亲苏洵相继去世，他要回到家乡守丧。

等他回到中央，已经是宋神宗熙宁二年（1069 年）。此时，全国在王安石的领导下开展了一场轰轰烈烈的变法运动。由于急功近利、过于冒进、用人不当等原因，变法在推行的过程中出现了一系列的问题。

欧阳修、富弼、韩琦等"庆历新政"的元老们纷纷出来指责王安石，年轻的苏轼也写了《上神宗皇帝书》《再上皇帝书》，集中火力炮轰变法。

连续上书，不同的人争来争去，皇帝还是不放弃变法。那就闪人吧！苏轼请求外任。宋朝官员的工资高，补贴多，待遇很好，拿着工资到地方上潇洒，懒得和你们费口水。

苏轼去了杭州担任通判（副职，掌兵民、钱谷、户口、赋役、狱讼审理等事务），又相继在密州、徐州、湖州三地担任知州。他一边工作，一边旅游，一边创作，在每个地方都留下了最美的诗词与文章。

在湖州任上的某一天，苏轼在晾晒自己收藏的书画时，忽然看到表兄文与可赠给自己的一幅画——《筼筜谷偃竹》，顿时眼泪哗哗，老表，你咋那么早就去世了呢？他想起了二人之前的点点滴滴。

文与可是著名的画家，尤其喜爱画竹子。因为刻苦努力，他画的竹子闻名天下，总有不少人拿着贵重的丝绢登门求画。

文与可对这种事情感到很厌烦，他写信给苏轼说："最近我告诉那些求画的人，徐州（当时苏轼在徐州）也有画墨竹的高手，你们可以去那里要嘛！"我把他们引到你那边去！烦你不烦我，哈哈！文与可在信的末尾写道："拟将一段鹅溪绢，扫取寒梢万尺长。"我要用一段丝绢为你作一幅万尺竹的大画，给你补偿一下，嘿嘿！

苏轼看到文与可的书信，哈哈大笑。他也回信调侃道："如果竹子长到一万尺，那得使用二百五十匹绢。我看你就是偷懒，不想亲自画画赚丝绢，故意叫人到我这里求画，拿我当免费劳动力吧？然后轻松得到二百五十匹丝绢，是不是？"

说得倒好听，给我画"寒梢万尺长"，没有绢，你怎么画？

文与可无语了，苏轼就是苏轼，想象力真丰富！他立即回信道："老表，你尽瞎说，世界上哪有一万尺长的竹子啊？你难道不清楚'万尺'是夸张的说法吗？"

小样儿，和我斗！苏轼继续回信："怎么没有？你看这首诗：'世间亦有千寻竹，月落庭空影许长。'千根竹子，万米影子，说的不就是万尺竹吗？"

文与可看完无奈地笑道："得得得，老苏，你的嘴巴太厉害，我说不过你，你要是给我挣到二百五十匹名贵的丝绢，我还用工作吗？拿着它们买点儿良田，就可以回家养老了！"说我偷懒？真给你画一幅竹子，好吧？

文与可果然给苏轼寄来了《筼筜谷偃竹》，里面几尺高的竹子看起来有万尺的气势。

望着眼前的画，苏轼想起曾经的玩笑，不禁泪眼朦胧，不过很快又破涕为笑，因为他想起了另外一件搞笑的事。他给文与可写过一首《筼筜谷》："汉川修竹贱如蓬，斤斧何曾赦箨龙。料得清贫馋太守，渭滨千亩在胸中。"汉水一带到处都是竹子，因此价格便宜，经常有人拿着斧头砍向那些鲜嫩美味的小竹笋。我猜想你这个清贫嘴馋的太守（文与可），肯定把那边的竹笋吃光了！千亩竹林早就进了你这家伙的肚子里了！是不是？

超级吃货苏轼，想到了美味竹笋，就写诗调侃文与可。

没想到，文与可当天恰好和妻子在筼筜谷的竹林里游玩，晚上又正好烧的竹笋吃。等到吃完饭打开信封看到诗歌后，文与可笑得直抽筋。

好你个苏轼，你以为我和你一样是个吃货？哈哈，竟然被你那张破嘴说中了，我确实正在吃竹笋呢！

想起表兄兼知己，苏轼写下《文与可画筼筜谷偃竹记》，记录了文与可学习画画和与自己交往的故事。

也许多年的外放生活太快活了，老天都在嫉妒苏轼，一只巨大的魔爪悄然伸向了他，差点儿拽着他去和阎王爷喝酒、聊天。

元丰二年（1079 年）七月二十八日，大宋御史台的官员皇甫遵奉朝廷的命令从京城赶到湖州衙门，当场逮捕了正在上班的苏轼。

这是咋啦？

挫折成就好文好词

自从王安石迫于压力退休回家，变法派就变了味，变法强国成了斗死强敌。他们从苏轼的诗歌里一个字一个字地抠，找出讽刺或疑似讽刺变法的句子，然后上奏宋神宗。气愤的宋神宗看后立刻下令御史台（最高监察机构）逮捕苏轼，把他押往京师，凡是传抄、阅读他诗歌的人都受到了牵连，这就是北宋著名的"乌台诗案"（乌台即御史台，里面种植了很多柏树，乌鸦喜欢栖息于此，故称乌台）。

客观来讲，苏轼的诗歌并非刻意讽刺新法，而是反映了当时的社会现实，可是文字斗不过刀枪！心灰意懒的苏轼在狱中早早地写好了"遗书"（两首绝命诗），托人交给弟弟苏辙，唉，老弟，才华不仅可以当饭吃，还能把命丢！这一次，我怕是躲不过了！

文人天天有，百年一苏轼！杀了他，太可惜！

一帮老臣纷纷出来为他说情，连变法派的章惇也开始帮忙，最后退休在家的王安石上书宋神宗："安有圣世而杀才士乎？"哪有盛世王朝滥杀才子的呢？大家只是政见不同，何必借机杀害忠良呢？

宋神宗看后点点头，老王的面子不能不给！

经历一百三十天狱中惊魂的苏轼被贬到了黄州担任团练副使。

在别人的帮助下，苏轼得到了黄州东边的一块荒地，他亲自耕种，丰衣足食，大才子成了老农民。乐观的他将这块来之不易的荒地取名"东坡"，也给自己取了外号——东坡居士。从此，苏轼成了苏东坡。

一手抓物质文明，一手抓精神文明。不让工作，旅游总可以吧？写诗不行，写文总可以吧？苏轼将创作的重点放在了写人、写景的散文上。

一天，他到黄州附近的岐亭游玩，忽然碰到一个人，对方戴着少见的方山冠（古代乐师戴的礼帽）。咦？这人为什么这么眼熟？

是谁呢?

陈慥? 是你吗? 你怎么会在这里? 苏轼想起了对方的名字, 陈慥是他曾经的至交好友。

苏轼当年担任凤翔府签书判官时, 他的顶头上司叫陈希亮, 陈希亮的儿子叫陈慥。他和苏轼意气相投, 经常来往, 因此成了好朋友。陈慥当年武艺高强、酒量惊人、不拘小节, 一副江湖豪侠的做派, 身边总有一帮年轻小弟前呼后拥。他住在洛阳园林豪华的大宅里, 到处都有他们家的田产, 每年收到的钱粮堆成小山, 他过着霸道总裁般的潇洒生活, 不是王侯胜似王侯。陈慥经常带着随从与弓箭出去打猎。偶尔也会和苏轼谈论兵法与历史, 指点江山。

为什么他会出现在这么偏僻的地方呢?

苏轼? 嘿, 怎么是你! 陈慥好惊讶。

两位多年未见的老朋友异常兴奋, 谈起了各自的往事。成年以后发奋读书的陈慥一直没交到好运, 没考上文官。大宋又不重视武人, 管你十八般武艺, 一边待着去!

父亲陈希亮死后, 陈慥家道中落, 干脆隐姓埋名, 居住在距离黄州一百多里路的岐亭。他住着草屋, 吃着素食, 不和人来往, 不坐车骑马, 不戴书生帽子, 而是戴着一顶方方正正又高高耸立的帽子, 像是古时候乐师戴的方山冠。因为没人知道他的真实姓名, 所以都称他为"方山子"。

听完老朋友的故事, 生性乐观的苏东坡也不再纠结"乌台诗案"的伤心往事了。他去了老朋友家做客。

到了陈慥家, 苏轼一眼望去, 天哪, "家徒四壁"说的就是你啊！你现在住的房子和之前的陈家大宅相差了十万八千里。但是屋内屋外打扫得干干净净，妻儿以及奴仆的脸上都透着淡定与从容。

苏轼感慨万千，神人哪！从大富大贵到一贫如洗，陈慥却没有丝毫怨气，我还忧郁个什么劲？他写下了散文《方山子传》，纪念与这位多年未见的老朋友的重逢。苏轼在黄州期间，两人时常串门聊天。

在黄州，除了方山子，苏轼还有一位朋友叫张怀民。

一天晚上，苏轼正准备脱衣服睡大觉，一片皎洁的月光恰好从窗户照进来。嘿，这景色，美得不像话！大自然在召唤我啊！

于是他披上衣服，背着双手，来了一场好梦半夜游。

不过，没有朋友陪伴，苏轼心里总是觉得有点小孤单！对了，张怀民那小子肯定还没睡，就算睡了，我也得把他拉起来一同"梦游"！哈哈，找他去！

张怀民也是被贬官员，一直住在承天寺。为了更好地欣赏风景，他在寺庙旁边建了座小亭子，苏轼为它起名"快哉亭"。

咦？东坡兄，你怎么来了？正在打哈欠的张怀民发现了好友。

哈哈，来找你玩啊！走，这么好的月色不去看看，可惜了！

哈哈，好，妙，我们走！

两个最佳"贬友"半夜不睡觉，兴奋地出去赏月了。寺庙庭院里的月光犹如清澈的寒潭，水藻、水草纵横交错。哦，不是，两人定睛一看，原来不是水草，而是庭院里竹子和松柏的影子在舞动。月光笼罩着寺院及周边的景物，还笼罩着我们两个闲得不能再闲的男人。

即便闲，也要闲得有文化，苏轼写下了《记承天寺夜游》。有朋友，有美酒，更有美景，还有什么好伤心的呢？

苏轼后来常常和朋友在黄州游玩。

黄州城西北处的长江畔，有一座红褐色的陡峭石崖，形状像巨大的象鼻子，被当地老百姓称作赤鼻山或赤鼻矶（矶指水边突出的崖石）。又因为一整块大石头高高地竖立在江边，形成了悬崖峭壁，简称赤壁（与三国"赤壁大战"的"赤壁"不是同一个）。这里江面开阔，水流奔涌，仿佛一片浩瀚的大海。江水时不时撞击着赤壁，发出轰隆的巨响，犹如古战场上的喊杀声。赤鼻山的顶上，修建了栖霞楼、竹楼、月波楼等亭子，很多人在这里观赏江景，赤壁山成了当地有名的文化旅游胜地。

如此好地方，苏轼岂能错过？

元丰五年（1082年）七月十六日，苏轼和好友乘着小船夜游赤壁山。几个人坐在船上，喝酒、聊天，领略清风、白露、高山、流水、月色、天空之美——"纵一苇之所如，凌万顷之茫然。浩浩乎如冯虚御风，而不知其所止；飘飘乎如遗世独立，羽化而登仙。"此情此景，让人飘飘欲仙，不是神仙胜似神仙，让伤心、惆怅统统见鬼去吧！

几个人拍打着船舷，高唱起了歌曲。有人吹起了低沉的洞箫，声音像是女人在伤心地哭泣。苏轼看着千年不变的滔滔江水，陷入了沉思。想当年，曹操率领千军万马"破荆州，下江陵，顺流而东"，却被孙刘联军打得狼狈而逃。

那些英雄人物如今何在？他们早就去了西天。而当时的战场——长江却依然静静地流淌，让人好生羡慕大江的无穷，哀叹人生的短暂——"哀吾生之须臾，羡长江之无穷。"如果能"挟飞仙以遨游，抱明月而长终"该有多好！

但是自古以来哪有人能长生不老呢？哪有人能够活到万岁？短短的一生，还要经历那么多苦难与挫折，好悲催！苏轼不禁悲从中来，"知不可乎骤得，托遗响于悲风"。

如果换作普通人，经历苏轼的遭遇，肯定会一把鼻涕一把泪地哀叹自己如此不幸！可苏轼坚信，没有愈合不了的伤口。

他重启自我开解模式：从变化的角度来看，花开花落，天地万物转眼即逝；从不变的角度来看，人与自然都是无穷尽的！我们的成就与作品是永恒的，而且我们死了，还有下一代，还有下一代的下一代，所以，又有什么好伤心的呢？

把握当下，笑对人生。看看，江上的清风，山间的明月，我们随时可以享用。有酒有肉，有景有人，生活好滋味！

江水滔滔不绝又能如何？估计它也会觉得无聊吧！嘿，在短暂的一生中留下永恒的瞬间，足矣！把我们的生命融入自然美景中，尽情地享受吧！"惟江上之清风，与山间之明月，耳得之而为声，目遇之而成色，取之无禁，用之不竭。是造物者之无尽藏也，而吾与子之所共适。"

"沧海一声笑，滔滔两岸潮。浮沉随浪，只记今朝！"

几个人又开始喝酒、聊天、唱歌，最后睡在船上，随波漂流，不知不觉，天亮了。

在《赤壁赋》中，作者的心情从快乐到悲伤再到释怀，这种过程"很苏轼"。郁闷、挫折可以有，但是不能长时间在心中停留！只要有美酒、佳肴、风景、朋友，还有什么郁闷赶不走？

三个月以后，十月十五日，苏轼又故地重游。这时正值初冬，"霜露既降，木叶尽脱"，寒风吹来，人的心情自然没有《赤壁赋》中描写的那样畅快。

上次来，苏轼并没有登上赤壁山顶，留下遗憾，要不这次上去看看？走起！一行人"履巉岩，披蒙茸，踞虎豹，登虬龙，攀栖鹘之危巢，俯冯夷之幽宫"，攀上悬崖，下望深谷，苏轼甩开了几个慢吞吞的朋友，独自登上最高峰。仰天长啸，深谷里响起了回声，草木震动。寒风呼啸，身上发冷，感到些许害怕与悲凉——"予亦悄然而悲，肃然而恐，凛乎其不可留也。"

苏轼在黄州，名为团练副使，实则"不得签署公事，不得擅去安置所"，属于官方监控范围内的管制犯。时间一长，闲着没事干，再豁达的人也会郁闷，因此在《后赤壁赋》中，他的心境有点悲凉。

两篇赋犹如两颗最亮的星，照亮了黄州的赤壁。从此，一块耸立江边的普通石头成了富含文化底蕴的"网红地"。清朝人干脆将黄州赤壁命名为"东坡赤壁"。直到今天，这里还有"二赋堂""酹江亭""坡仙亭"等。

生亦何欢，死亦何苦

元丰七年（1084年），苏轼改任汝州团练副使，本州安置，依旧是个闲得不能再闲的官职。没谁会在意他的迟到、早退，他便索性在上任途中，一路游山玩水，寻访名胜古迹。

七月份，苏轼到达金陵（今江苏省南京市）。他认为王安石和其他变法派的人不一样，便与退休在家养病的王安石进行了"世纪握手"。一个变法派和一个反对派成了至交好友，他们一同游山玩水，用实际行动阐释了什么叫"君子之交"。

大起大落的苏轼也想通了，反正到哪里都是闲人，团练副使这种闲职哪个地方都能安排的嘛！不如找个风景优美、气候宜人的地方"团练"一下，顺便养养老！

常州好像不错！于是他上书请求朝廷改派他到常州任职。

有心栽花花不开，无心插柳柳成荫。

大力推行改革的宋神宗突然去世了，宋哲宗即位后，保守派老大司马光成了宰相，变法派的人统统卷铺盖走了，朝廷各个部门严重缺人。

这么大的才子，想要养老？不行！

接着，苏轼升官的速度连自己都觉得不好意思了。守旧派上台以后，拼命压制变法派的人物，他们不论青红皂白，对合理的变法措施也一概废除。苏轼的良心没有因为多次被贬而泯灭，看到这种情况，就忍不住上书朝廷，对守旧派执政后的腐败等问题进行了抨击，替变法派说了几句公道话，人家变法派也有好的地方嘛！

结果他又得罪了守旧派，同时上了守旧派与变法派的"不受欢迎黑名单"，两头不讨好。

如果他抛开良心，落井下石，一定会平步青云，但他始终坚守着做人的底线。

好不容易东山再起的苏轼又开始走四方了，"路迢迢水长长，迷迷茫茫，一村又一庄"。

嘿，被贬又不是杀头，干吗执手相看泪眼？走就走，眼不见心不烦！即使后来被贬到遥远的海南（那时候的海南可没有现在这么发达，文人被贬到那里，相当于被判了死刑，能不能活着回来都是一个问号），他依然物质文明与精神文明两手抓！

到了海南，他经常喝着自己酿的酒，站在朋友家门口，看过往的帅哥、美女、老头子、老奶奶，时不时找人聊聊天。和陌生人侃大山不过瘾，他又跑到朋友家搞座谈会，你们每个人必须给我讲个有趣的故事，如果不愿意，我就赖在你家不走了！

洒脱从容的性格让他写出了一篇篇精彩绝伦的文章，赢得了无数人的喜爱。但我们也要看到，他之所以能够如此洒脱，也是因为宋朝有不杀文人的传统，加上欧阳修、王安石、司马光等大领导都是正人君子，始终抬高他、保护他。

如果把他放在宋朝末期或者文字狱严重的清代，他又如何能潇洒得起来呢？

相比苏轼，弟弟苏辙的性格就内敛谨慎得多，但他年轻的时候，也犯过一个书生经常犯的错。

苏辙:

"科考"可以为他一个人推迟考试日期

——《上枢密韩太尉书》《东轩记》

冲动是魔鬼

北宋眉州眉山，苏洵在遭遇科举考试失败和亲人接连去世的打击后，心灰意懒，他不准备再考试了。既然做不了官，那就在家一边读书，一边做个好爸爸，亲自对苏轼、苏辙进行"一对一"辅导。

兄弟二人非常争气，经史子集无一不读，诗词歌赋无一不精。

嘉祐元年（1056年）春，苏洵准备做个陪考人员，带着二十岁的苏轼和十八岁的苏辙，从老家沿江东下，进京赶考。父子三人乘着船，唱着歌，作作诗，谈谈天，一边走，一边玩，快活似神仙！

途中，苏洵带着两个儿子拜访了成都太守张方平，这是苏辙第一次见到父亲的恩人。张方平用极高的规格招待了苏氏父子，并亲自出了六道题目考查苏轼、苏辙的学问，以便预测一下他们两个将来的考试成绩。

苏辙拿到题目后，怎么都想不起来第二题出自哪里，于是就指着题目给哥哥苏轼看。苏轼瞟了一眼，果断挥笔勾去，这题目没出处，没法答。然后，两人埋头答题，张方平则在远处悄悄观察。

第二天，阅完卷子的张方平再也忍不住内心的激动，嘿，我大宋出了两个顶级人才啊！可喜可贺！他赶紧给文坛领袖欧阳修写了封推荐信，并对苏洵说道："你这两个儿子都是天才，大儿子聪明率性，反应灵活；小儿子谨慎稳重，将来的成就与官职也许是二人中最高的。"不得不佩服张方平的眼光毒辣，后来兄弟二人的人生走向和他说的一模一样。

嘉祐二年（1057年），父子三人带着太守的推荐信来到了京城，苏洵又拿着自己写的几篇文章拜见了当时的翰林学士（皇帝的秘书）、文坛领袖欧阳修。

欧阳修看过《衡论》《权书》等文章之后，对苏洵竖起了大拇指，好文章，好文章！你简直是刘向、贾谊（辞赋大家）转世啊！老大都说好，肯定是真的好！文人官员、考生老师开始争相阅读苏洵的文章。

好事接二连三，苏轼、苏辙同时考中进士！

欧阳修、梅尧臣等人看过苏轼、苏辙的文章既兴奋又感伤，看来咱们要给年轻人让路了。宋仁宗也对苏氏兄弟大力点赞，开心地对左右大臣说："朕今天一下子得到了两位宰相的储备人选，咱的子孙们有福了。"

一夜之间，苏氏三父子的"粉丝"数量激增，考生、文人争相阅读他们的文章，当时京城最流行的一句话是："苏文生，吃菜根；

苏文熟，吃羊肉。"熟读"三苏"的文章，就能考中，有肉吃，有酒喝。否则只有吃菜根的份儿。

当时，苏轼的光环太过耀眼，遮盖了父亲和弟弟的光芒。其实，苏洵、苏辙的散文也有自己的特点。高中进士之后，为了能够将来在京城得到重量级人物的赏识与推荐，苏辙给当时掌管军政大权的枢密使韩琦写了一封信——《上枢密韩太尉书》：

太尉大人，我这人生性喜好写文章，对如何写文章也有一定的想法。我认为文章要有一股内在的气，这种气可以通过后天培养。孟子说："我善于培养我的浩然之气。"看他的文章，厚重而博大，的确有一股充溢于天地间的浩然之气。司马迁走遍天下，看遍风物，结交豪杰，所以他的文章里有一股奇伟之气。难道他们两个人曾经专门学习过如何写这种文章吗？这是因为他们的气融入了文章里，也许他们自己都没有感觉到。（苏辙没有一上来就夸自己或者韩琦，而是和韩大人探讨起文学，讲述自身的实践与感悟。给人感觉这个小年轻的确用功过。）

我现在已经十九岁了，在老家，所交往的，不过是同乡；所看到的，不过是几百里之内的景物。在那种小地方，没有学识丰富的文人雅士，没有雄伟壮阔的高山。平日里，诸子百家的书，我无所不读，但那都是古人过去的东西，无法培养出自己文章的气。我担心将来一事无成，所以毅然离开家乡，去欣赏天下的壮丽美景、搜寻奇闻逸事，以便了解天地的广大。我经过秦朝、汉朝的故都，尽情欣赏终南山、嵩山、华山的高峻，向北眺望黄河奔腾的急流，想起了古代无数的英雄豪杰。到了京城，我体会到了皇宫的壮丽、都城的繁华、百姓的富裕，这才明白天外有天，人外有人。见到翰林学士欧阳公，聆听了他雄劲的议论，看到了他奇伟的容貌，结识了他的学生，这才明白天下的好文章竟然如此之多，都汇聚在了这里。太尉您以雄才大略名扬天下，全国百姓因为依靠您而得以安居乐业，无忧无虑；其他国家也因为害怕您而罢兵言和。您在朝廷之内像周公、召公一样辅佐君王，在战场上像方叔、召虎一样抵御强敌。可是，我至今还没见到您呢！好遗憾啊！（这一段，苏辙先说自己原本是小镇青年，见识短浅，然后说正是因为到了京城，接触到了厉害的人物如欧阳修等人，才逐渐丰富了自己的内心和学识。接着，他大力点赞韩琦的为人和能力，意思是什么呢？我还想接触更厉害的大人物，学到更多的东西来培养自己身上的浩然之气，韩大人您就是那个更厉害的人物。先说自己的不足，再说对方的优点，显得自己谦虚而低调。）

再说，一个人拼命学习，可若没有远大的志向，即便学到很多的知识，又有什么用呢？这次京城之行，我看到了终南山、嵩山、华山的高峻，黄河的深广，欧阳公的学识，可是，唯一的遗憾就是没有机会拜见您！真是希望能够一睹贤能之人的风采，即便只是听到您的一句话，也足以激发我的雄心壮志，这样就是看遍天下的壮观而再没有什么遗憾了。（这一段突出了韩琦的作用，您就像高山大河一样，能得到您的指点，我的眼界将会更宽阔。）

我现在还很年轻，还没能明白做官的事情。我不远万里来到京城应试，并不是为了谋取那么一点点工资，这不是我真正想要的。现在的我获得了功名，需要等待吏部的选用，正好让我有几年空闲的时间，可以更好地钻研文章的技巧，学习为政之道。如果太尉您认为我不是一块朽烂的木头，还可以培养，并能屈尊教导我的话，那真是我最大的荣幸了。（最后一段，苏辙更加放低了姿态，做大官不是我的梦想，能获得德高望重的人亲自指点，才是我最想要的。）

苏辙的这篇文章写得情真意切，极为老练，比起李白的《与韩荆州书》，自己在文章中表现得要低调谦虚得多。

每天给韩琦这样的大人物写自我推荐信的人数不胜数，韩琦看得早就麻木了。可是，当他看到苏辙的这封自荐信时，眼睛一亮，好家伙，果然是轰动京城的人物，写信都能写得如此与众不同！他并没有夸耀自己的优点，而是说通过行走天下、结识高人可以让他不断地完善自我，最后他又放低姿态，恳请我去教导他。不错，不错，孺子可教！

面对这样一个才华横溢、谦虚低调的年轻大才子，韩琦怎能不动心？从此，他深深记住了苏辙的名字，甚至为了这个后生请求更改制科考试的日期。

可惜，正当苏辙即将被推荐重用时，他的老家传来了噩耗，母亲程氏病逝家中，她没能看到丈夫与两个儿子的高光时刻。这个"三苏"背后的伟大女人，历经磨难，含辛茹苦，两女一子夭折，白发人送黑发人，她却把痛苦埋在心里，把微笑挂在脸上，任劳任怨地操持着家务，成为丈夫与儿子们的坚强后盾。

父子三人痛苦不已，如今风光无限，程氏却无法分享。他们日夜兼程地赶回老家。守制期满，苏辙被授予河南府渑池县主簿。

不过，他暂时没有去赴任，而是在欧阳修的举荐下，积极准备参加嘉祐六年的制科考试。

比起动不动就举行的唐朝制科，宋朝的制科考试难度极大，考试成绩划分为五等：第一等、第二等一般没有人能达到（也许是为了显示制科考试的难度与尊贵）；第三等考生参照进士科一甲第一名，也就是按照状元的规格授予相应的官职；第四等考生参照进士科一甲第二名、第三名，也就是按照榜眼、探花的规格授予相应的官职；第五等考生参照进士科一甲第四名、第五名授予官职。

物以稀为贵，考中者的地位瞬间高人一等。所以，制科的录取率特别低，能拿到第三等成绩的考生，已算得上是考生中的"大熊猫"。

当时，一同去应试的考生很多。宰相韩琦和朋友们说了一句玩笑话："二苏在此，他们也敢跑过来参加考试？"你们来，岂不是当炮灰？此话传出后，大部分考生不禁心里发凉，不敢去参加考试了，谁能比得过苏轼、苏辙两位大神啊？

制科考试原本定于八月中旬举行，但是苏辙在考前突然生了病，躺在床上起不来，没法参考了。

韩琦得知情况后，赶紧上书劝说皇帝，苏辙这样的人不参加考试，朝廷岂不失去了一等一的人才？宋仁宗听后点点头，说得有道理，制科嘛，本来就是灵活的考试，还不是朕说了算？于是，宋仁宗同意了韩琦推迟考试时间的请求。为了一个人，让皇帝开金口，让宰相改时间，让众多考生回家凉快一阵子，即便考不上，苏辙也可以吹一辈子牛了。

直到苏辙的身体完全康复，制科考试才正式开始。考试结束后，苏轼的名次遥遥领先，被列为第三等。苏辙却陷入了舆论旋涡。不是他的答卷不优秀（他本来也可以被列入第三等的），而是他的文章写得太尖刻。

不知道是生病生糊涂了，还是想要语出惊人，他一上来就直接炮轰宋仁宗："我在外面听人说，如今宫中的美女数以千计，皇帝终日里歌舞饮酒，纸醉金迷，既不关心老百姓的疾苦，也不和大臣们商量如何治国安邦……"文章不仅对宋仁宗展开了猛烈的批评，还把朝廷大臣、各个机构的工作人员统统骂了个遍。考完之后，苏辙也觉得自己冲动了，这次捅的娄子有点大，不死也会脱层皮。我当时是怎么了？人家皇帝还专门为我推迟了考试时间呢！

朝中大臣也因为这篇文章炸开了锅。

很多人认为苏辙对皇帝大不敬，不杀他就算不错了，怎么能还录取他？

当时的覆考官（与初考官决定成绩等级的官职）司马光是个"犟驴"，他认定的事绝不会改变。他认为苏辙的文章写得文采飞扬，按照评卷的标准完全可以列入第三等。他说几句刺耳的话咋了？难道天天拍马屁的人才是忠臣吗？我就要给他第三等。

大家争论来争论去，始终没能形成统一意见。

宋仁宗看着这篇把他批得体无完肤的文章，心里也不是滋味，他自亲政以来，勤俭节约，积极改革，哪有时间像苏辙说的那样天天抱着美女饮酒作乐？

但宋仁宗是封建社会中难得的胸襟宽阔的帝王，他并没有责怪苏辙，而是冷静地对大臣们说："我设置制科考试，就是希望读书人能说出心里话。这次是贤良方正能直言极谏科考试，考生敢说敢骂才符合要求嘛！如果我现在不录取他，还追究他胡言乱语的罪过，以后谁还敢说真话呢？"

很多大臣依旧不同意，凭什么我们被他骂了，还给他打高分？

最后，为了平息众怒，考官们将苏辙的文章列入第四等，并授予他商州军事推官（掌管司法事务）的职位。

在下达通知时，又出现了个小插曲。当时担任起草皇帝诏书的制知诰是个"高配版犟驴"——王安石，他认为苏辙对皇帝大不敬，不该被录用。一个小小的考生，竟然口出狂言。让我下发任命通知，没门！要写通知，你们找别人去！我绝对不会写！

劫后余生的苏辙抹了一把冷汗，冲动是魔鬼啊！能活着就不错了，还要什么官职？于是他上书请求留在京城陪伴、照顾年老的父亲，我陪在老爸身边，做个乖宝宝，谁都不得罪。

理想很丰满，现实很骨感

苏洵去世以后，苏辙守孝期满，朝廷上已经是宋神宗当政。王安石正在轰轰烈烈地推行变法，苏辙戏剧性地成了王安石的属下。

一开始，王安石对见解精深的苏辙还是非常欣赏的，这个小伙子经过考试风波之后，成熟了嘛！曾经他还因为苏辙的建议而暂停了"青苗法"的推行。但是，随着投机分子的加入，变法出现了很多弊端。忧国忧民的苏辙不断地批评新法，顶撞领导。王安石勃然大怒，我找你小子过来是和我唱对台戏的吗？当年我不愿意给你下任命通知，现在却很乐意给你下撤职通知。慢走，不送！

苏辙就这样被贬到了地方，下基层锻炼去了。

元丰二年，"乌台诗案"爆发。苏辙看着哥哥苏轼的"遗书"（两首绝命诗），其中"与君世世为兄弟，更结来生未了因"两句话让他泪如雨下，干吗要来生？今生咱们还要继续做兄弟。

苏辙向朝廷上书，请求让自己下岗，为哥哥赎罪。经过他四处奔走、众大臣的不断求情，苏轼终免死罪，而他受到牵连被贬为监筠州（今江西省高安市）盐酒税（管理盐、酒税收的税务官），五年内不得升职或调动。

那个时候的筠州并不发达，税务官的办公场所在临河的一间小破屋里。苏辙刚到任，筠州就下起了大雨，河水泛滥，他傻眼了。这是什么鬼地方？办公室也进水了，我坐哪儿啊？划着小船工作吗？他只能向地方长官报告，借用别的部门的场所办公。找来找去，他总算找到了一处闲置的"老破小"。苏辙在房子周围种上了杉树和竹子，营造出了一点点高雅的意境，他给这里起名为"东轩"。他幻想着在这里忙完工作后，还可以读书、写字。可骨感的现实立马过来啪啪打脸，醒醒吧，阿辙！

白天，烦琐的工作让他头疼不已。说是税务官，实则是个光杆司令，部门里只有他一个人，大小事务全都落在了他头上。他还得像个"城管队员"一样在市场上逛来逛去，和商人讨价还价，提醒大家按时交税，还要算一算要交多少税。

可他一个文人，哪里算得准？他经常为了一点小钱和商贩讨论来讨论去，还要反复向他们解释税收的重要性。可大家直摇头，大哥，咱没工夫和您尬聊啊！要不您找个地方凉快去？

苏辙的内心极为痛苦，我怎么成了菜市场的"收税员"了？晚上回到宿舍，精疲力竭的他倒头便睡，根本没有时间和心情欣赏周围的景色，也没有精力坐下来读书写作。

苏辙一阵苦笑，曾经他还嘲笑颜回过着"一箪食，一瓢饮"的清贫生活，喝冷水、吃粗食，那不是自虐吗？如今才发现，那样的生活简直是神仙般的享受啊！无人打扰，自由自在。安贫乐道有啥不好？

现在的苏辙简直无聊到自闭！他啥也不想说，啥也不想做。

腰酸背痛腿抽筋，该怎么调节呢？苏辙小时候就体弱多病，夏天消化不良，秋天咳嗽不断，最后在一位高人的指点下练习瑜伽术，身体才慢慢好转。于是，他重新练起了瑜伽术，想要重新拥有健康的身体。

苏辙将在筠州时期的经历和想法写成了一篇散文——《东轩记》。什么治国平天下？什么远大抱负？我多么想回到家乡，回到它的身旁，翻修旧房，不再迷茫。像颜回那样优哉游哉，其乐无穷，一直快活到老。

可是，一切都回不去了。他只能偶尔请个长假，跑到黄州去看望哥哥苏轼，和他一起游山玩水，谈天说地。苏辙顺便还写了一篇《黄州快哉亭记》。

宋神宗驾崩以后，宋哲宗即位，太皇太后高氏（高滔滔）垂帘听政，她起用司马光、吕公著为相，苏辙也受到重用，迎来了官场生涯的辉煌时刻。他接连担任右司谏、中书舍人、吏部尚书、御史中丞、太中大夫等重要官职，甚至还担任过代理太尉（曾经韩琦的那个位置）。

朝廷准备彻底废除王安石的新法，苏辙却建议对新法中好的方面要予以保留，对利用新法为自己谋利的小人要坚决予以清除。看着凭巴结逢迎王安石上位，又陷害王安石的吕惠卿，苏辙一阵反胃，这种人，留着他干吗？当宠物？不可爱，还咬人！于是，他连续上书，揭露吕惠卿的本性，无论变不变法，这样的人都不能重用。

对于毫无原则的小人，就要有原则地反击！

宋哲宗亲政之后，变法派的人又受到重用，他们全力打击旧党人士。苏辙不禁摇头，你们想干啥？国家经得起这样的折腾吗？变法强国怎么成了表演过火？他上书反对恢复新法，因此接连被贬。宋徽宗上台以后，奸臣蔡京当政，苏辙又被贬为地方团练副使。

唉，既然无法改变社会，那就改变自己，我没兴趣和你们比谁的唾沫星子飞得远，拜拜！

苏轼不善理财，今朝有酒今朝醉；苏辙则不同，他非常善于理财，不使口袋空空荡荡，还能时不时地接济一下哥哥。苏轼去世后，苏辙花巨资打造了供他隐居的私人豪华别墅——"遗老斋"，自号"颍滨遗老"。精算专家有了精致生活，在这里欣赏着世界级的美景。

苏辙在这里每天静坐参禅，谢绝来访宾客。读书、写作、练瑜伽，生活过得笑哈哈，清闲而又充实。所以，苏辙比较长寿，他七十四岁才去世，还被朝廷追赠为宣奉大夫、端明殿学士。

苏辙的后半生也实现了父亲苏洵当年给他起名时的期盼。"辙"的本意是车轮压出的痕迹，天下的马车没有不顺着辙走的，因为省时省力。虽然，论功劳，车辙没份，但车子翻了，也怪不到辙的头上，我又没让你走我的道？"辙"不可或缺，但也不会招灾。

北宋仁宗、神宗时期人才辈出，除了苏轼、苏辙，还有那个不撞南墙不回头的王安石，他的散文也带着一股倔强的味道。

王安石：
我要发出时代的最强音

——《游褒禅山记》《答司马谏议书》

前方艰难险阻，我也会勇往直前

王安石从小埋头苦读，下笔成章，又跟着在外做官的父亲看到了很多书生看不到的东西，结识了大散文家曾巩、欧阳修，得到了他们的极力称赞。后以优秀的成绩通过了乡试、会试和殿试，却放弃了留在京城做官的绝佳机会，主动要求外放，先后担任鄞县知县、舒州通判等职，在地方兴修水利，扩办学校，政绩斐然。在农民有困难时，他把官府粮仓中的存粮借贷给农民，约定秋收之后，加少量利息后偿还，这就是后来"青苗法"的最初原型。

宰相文彦博点点头，这个年轻人不错，低调务实，勤奋肯干，别做地方小官了，浪费人才，来京城跟着我干吧！

对于宰相文彦博的极力推荐，王安石竟然摇摇头拒绝了。众人感到不可思议，这家伙是疯了还是傻了？不愿意去中央，不愿意被越级提拔，他想干什么？

王安石却微微一笑，他人笑我太疯癫，我笑他人看不穿。很早之前他就有一个梦想，国家病了，他要深入基层，找出可以让国家好起来的良方。不入虎穴，焉得虎子？整天坐在办公室里写写画画看报告，能找到什么具体又实用的办法呢？

后来，欧阳修推荐他到中央担任谏官，他也不去，给出的理由是他的祖母年纪大了，没人伺候不方便！

有个性，有品行！别人求之不得的机会他都不要。所以，王安石的名声越来越大。

他不去中央，是为了向山的更深处迈进。卸任舒州通判之后，他和几个朋友一起游览了褒禅山，借此机会，他想要弄清楚今后的路该怎么走。

来到褒禅山，王安石先是对山的名字进行了一番考证。据说，之前这座山也叫"华山"，后来唐朝和尚慧褒在这里隐居，去世之后葬在这个地方，坟墓旁的房舍叫"慧空禅院"，所以这里也叫"褒禅山"。那为什么它又叫华山呢？王安石看到一块倒在山洞旁的石碑，上面的文字经过风吹日晒已经变得模糊不清了。为了弄清楚上面写的是什么，他亲自清扫上面的泥土，仔细辨认。很快，碑上露出了"花山"的字样。如今将"华"读成"华实"的"华"，所以大概是读音的谬误而使此山的名字叫"华山"吧！

别人游山玩水是为了看风景，王安石游山玩水时还不忘研究山名的来历。

那个山洞平坦而开阔，有一股泉水从洞口涌出，当地人称这个山洞为山的"前洞"，很多人都在这里留下了游玩的足迹和题记。沿着山路继续向上走五六里，也有个洞穴，看上去阴森森的，一进去便能感到寒气逼人。很少有人敢走进去，更少有人会走到这个洞的尽头，这便是褒禅山的"后洞"。王安石想要一探究竟，便和四个人打着火把走了进去。越往里走，看到的景致越奇妙，但是前行也变得越发困难。这时一个人感觉既吃力又害怕，懒得往前走了，便说："咱们赶快回去吧，火把都快熄灭了。万一火把熄灭，咱们岂不成了瞎子？如果迷路了，走不出去咋办？"

大家觉得有道理，于是，纷纷退了出来。出了山洞之后，王安石又有点后悔，唉，我怎么不坚持一会儿呢？如果继续往前走，火把是够用的；即便不够用，我也能想到办法克服困难继续往前走，那样也许就能看到普通人永远看不到的奇特景致。

王安石不愧是喜欢刨根问底的人，由洞穴探险又想到了生活。人们都喜欢去平坦且近的地方，不想去危险而远的地方。但是，世界上奇妙雄伟、非比寻常的景观，恰恰都在险绝、偏远而又难以到达的地方。如果一个人没有坚强的意志力，是无法看到这样的景致的。即便有了意志力，却盲目听从别人的意见而停止自己前进的脚步，也无法欣赏到美景。有了意志力、体力和主见，却没有火把这样的外物支撑也难以到达美景所在之地。

不努力、没有坚持而没有实现自己的目标，被人嘲笑是应该的；如果尽力做了一件事，调动了一切可以调动的条件，依旧没有达成目标，人生就没有什么可遗憾的了，被别人嘲笑也没关系。

他将此次游玩的经历和想法写成了《游褒禅山记》，这篇文章也成了他变法革新的提前宣言：即便前方有艰难险阻，我也会勇往直前，实现多年来的远大抱负。

王安石还喜欢大手笔。

经过多年在基层的锻炼，王安石酝酿出了一套变法改革的初步方案，于是写下了上万字的《上仁宗皇帝言事书》，针对当时国家经济困难、财政收入降低、社会风气败坏、国防力量薄弱等各个方面的问题，提出了一系列建议。

宋仁宗拿着这份万言书，心里很是犹豫，改革的尺度是不是太大了？推翻祖宗定下的一切制度，能成功吗？国家的问题，作为皇帝的他岂能不清楚？他曾经也任用范仲淹等人推行过一系列的新政，可是，最后都失败了。现在他年纪大了，也懒得折腾了。况且变法变的不是制度，而是人心和观念啊！想要改变人心和观念，难于上青天。

不过王安石一片赤诚，真是难得。

宋仁宗虽然没有采纳王安石的建议，但他看出王安石是个可用之材。来吧，要不到馆阁里任职？宋朝和唐朝一样，设立史馆、昭文馆、集贤院三馆，总称崇文院。后来又在崇文院设立秘阁，收藏三馆的图书、古画、书法等，类似于皇家图书馆。无论是三馆还是秘阁，都注重选拔具有文学才能的人作为国家的储备干部，让他们先做图书整理、皇帝助理等工作，开拓视野，增长知识。因为能与天子近距离接触，这些人的升职机会也比较多。文人们都喜欢干这种清闲、舒服而地位又高的工作。

可是，王安石不乐意。既然不采纳我的主张，我就不干。结果，经过朝廷的三请四请，他才勉强担任了知制诰。

知制诰的工作干了没多久，王安石感觉很无聊，后以母亲病逝为由，辞职回老家守丧去了。宋英宗继位以后，屡次想要起用王安石到京城任职，可是，王安石都以服丧和身体不好为由拒绝了。

他在等一个机会，等待那个坚决支持他的变法主张的人，和他一起走进新时代。

宋神宗继位之后，面对日益减少的财政收入、庞大的官僚机构、边境地区的不断受扰等问题，他双手一摊，两眼发黑，该怎么办呢？他召见了名声在外、立志改革的王安石，两人相谈甚欢。

宋神宗的眼里冒光，这个老王就是我的菜！

王安石心中大喜，这个皇帝就是我要等的人！

宋神宗火速提拔王安石为参知政事（相当于副宰相），为即将到来的暴风雨做好尽可能全面的准备工作。在王安石的建议下，宋神宗设立了变法的临时决策机构——制置三司条例司，类似于变法大本营。这个机构凌驾于其他中央机构之上，这里发出的命令，谁都要全力配合，认真执行。手握大权的王安石火速提拔吕惠卿等几十个赞成变法的人，开始起草各种变法政策和措施。

第二年，宋神宗任命王安石为同中书门下平章事（相当于宰相），开始了轰轰烈烈的变法运动。均输法、青苗法、农田水利法、市易法、免役法、方田均税法、置将法、保甲法、保马法……

新法接二连三地被推出，导致变法尺度过大，步伐太快。很多人不适应，老王这是要干什么？他想翻天？什么都得听他指挥，那要我们干啥？大家纷纷起来反对，包括韩琦、欧阳修、苏轼、苏辙等一大批重量级的老臣和名人。

王安石为了将变法进行到底，对反对派进行了大规模的政治清洗。这也是不得已的策略，不任用支持变法的人，政令就很难推行下去。有人天天和你唱反调，不执行你的命令，你还能淡定地对着他唱"我总是心太软"吗？

但是，变法派内部的"墙头草"太多，很多人不过是想借助变法这个名头谋取官位、打击政敌。所以，新法在执行过程中出现了偏差，造成了"理想很丰满、现实很骨感"的情况。比如"青苗法"。并不是每个官员都像王安石那么正直，很多官员拿着官府的粮食、钱财，借变法的政策，硬逼着百姓贷款，收取朝廷规定之外的巨额利息，然后将大部分利息揣进了自己的腰包。

新法在投机分子的手中变了味，导致社会上出现了更严重的贫富差距，越来越多的百姓叫苦不迭。我不贷款不一定饿死，但贷款是铁定饿死。利息翻一番，人人好心酸。

反对派里也有不少正直人士，他们因为看到新法的一些弊端而纷纷站出来说话。双方针锋相对，火药味十足。之前为国为民的变法，变成了谁对谁错的口水战。越来越多的人主动或被动地卷入了这场斗争，成为变法的牺牲品。

这时，德高望重的司马光坐不住了，他接连给曾经的朋友兼同事——王安石写了三封长信——《与王介甫书》，列举新法的种种弊端，劝他放弃变法，恢复以前的制度。你建立制置三司条例司，凌驾于其他中央机构之上，那还要别人干什么？好好的日子你

不过，非得要搞出点事情来，无为而治不好吗？变法过程中出现了很多问题，你到底清不清楚？为何你就听不进大家的意见呢？这个法，那个法，表面上声势浩大，实际上是花拳绣腿。比如"青苗法"，这不就是官府在抢商人的生意，夺百姓的利益吗？

老朋友，你不能"用心太过，自信太厚"啊！老王，你不要太自信了，听听我这个老朋友的意见吧！

司马光的批评直接而尖锐，但全心扑在变法上的王安石根本听不进反对的声音，他要为国家的富强流尽最后一滴血。

名气大、地位高的两个人成了变法派与保守派的旗帜型人物，站在了对立面。

不撞南墙不回头

王安石早就为这场暴风雨的到来做了多年的准备，从当年的《游褒禅山记》中就能想到如今的场景。但是，他看着司马光的信，也有点感伤，为什么我一心为国，却有这么多人反对？为何连司马光也误会我拒绝听不同的意见，侵犯别人的职权，无事生非，与商人和百姓争利益呢？我就这么不堪吗？

从古到今，干事、创业的人，哪个最初不是被人误解和嘲笑的呢？虽然我从来不喜欢辩解，但是，不管怎样，老朋友司马光主动写了这么多信给我，于情于理，我得回复一下！

于是，王安石提起笔，写了一封回信。

鄙人王安石请启：承蒙您昨天来信指教。我觉得私下和您算是多年的老朋友了。之前在一起工作时，我们经常为了国家大事而争论，但这并不是咱俩有什么私人恩怨，只是我们的政治主张不同。虽然我有一肚子话想说，可您肯定也听不进去，所以，我就简单地给您回个信，不想再过多地为自己的行为辩解了。考虑到您对我的重视和爱护，这封信我也不能回得太过粗疏草率。所以，我现在说出推行变法的理由，希望您能理解我并宽恕我！

您来信批评我，认为我推行新法时侵犯了别人的职权，制造了事端，夺取了百姓的财利，拒绝接受不同的意见，因而招致天下人的怨恨和诽谤。但我不这么认为。我从皇帝那里接受到命令，制定法令政策，然后交给制置三司条例司里专门负责变法的官吏去执行，怎么就侵夺他人的职权了呢？妨碍别人什么事了？施行古代贤明君王的政策，创造对天下有利的事业，消除国家存在的种种问题，这是制造事端、惹是生非吗？（面对国家的危难，难道我啥都不做就是好官吗？）改革财政系统，解决其中存在的问题，增加国家的收入，这不算是和百姓争财夺利吧？（国家都快没钱发工资了，我们还在这里谈理想吗？）抨击不正当的言论，驳斥巧言令色的坏人，这能算是拒绝别人的劝告吗？（难道要我还没干事，就听别人瞎嚷嚷吗？难道面对别人的无端指责，我还得点头哈腰吗？）至于您说的天下人对我有很多怨言和不满，这本来就在我的预料之中。

大家都习惯了苟且偷安、得过且过，此乃人之常情，谁都不喜欢改变。大臣们都不考虑国家大事，随波逐流，把附和世俗意见、讨好献媚当作聪明的行为。所以，皇上才决心改变这种风气。作为臣子，我义无反顾！不管反对者有多少，不管自己的能量有多小，我都会竭尽全力帮助皇上达成心愿。不论做什么事，怎么可能没有反对的声音？当年盘庚想迁都时，不只大臣反对，连老百姓也反对啊！盘庚因为别人的怨恨和不满而改变自己迁都的计划了吗？没有。为什么？因为他觉得迁都以后，会带来想象不到的好处，所以坚决迁都。只要做的是对的事情，又有什么好后悔的呢？如果您责备我因为担任宰相而没有帮皇上干出一番事业、让百姓得到实惠，那我承认，我目前的确没有取得很大的成绩；如果您现在让我什么都不做，墨守成规，我真的做不到啊！

我现在没机会和您见面详谈，真的很遗憾，但是我心里非常仰慕您。（这里是客套话，虽然你骂我，但我还是仰慕你，有空见面聚聚。）

王安石针对司马光提出的"侵官、生事、征利、拒谏"等四个方面的指责，进行了逐一驳斥。简单粗暴，直截了当。我是为国家和皇帝做事，并不是为我自己。针对司马光提出的"怨谤"，王安石举了盘庚迁都而遭反对的故事来重点驳斥，自古以来，成大事者，谁不是先有怨恨和诽谤而后有点赞和理解的呢？管他三七二十一，干了再说。最后，他用简单的两句话表明态度，让我啥都不干，混吃等死，老王我做不到啊！

这封回信就是著名的《答司马谏议书》。

司马光看着回信，感觉这家伙没救了！一根筋，就算撞破头，他也不会回头了！曾有人劝司马光暗中抓住王安石的小辫子，然后弹劾他。但是，熟读历史的司马光一口回绝了："王安石变法，没有任何私心，也不结党，我为什么要这样做？"他不愿意做小人。

事实也如司马光所说，王安石虽然提携了很多新人，但他并没有结党营私，而是一心扑在变法改革上，希望干出一番轰轰烈烈的事业，让国家富强起来。

宋神宗想起用司马光担任枢密副使，试图调和一下反对派和变法派之间的矛盾。司马光却摇摇头，您不废除新法，我就离开京城！宋神宗也很无语，你们两个老头咋都这么犟呢？真是人间极品！

后来，司马光心灰意懒，他不想再做无谓的抗争，挥一挥手，作别京城的云彩，隐居洛阳，继续编写《资治通鉴》去了。

因为政策执行上的问题，"王安石变法"又出现了很多严重的问题。比如，原本实行的"保甲法"规定，乡里的百姓，每十户人家组成一保，五保为一大保，十大保为一都保。对应设置保长、大保长、都保长等职位。凡是家里有两个成年男人以上的，都要出一个人作为保丁。不耕种时，这些保丁就被拉到一起进行军事训练。到了晚上，他们要轮流当差，维持地方治安。"保甲法"的目的是节省军费，管理百姓。可是，"保甲法"在执行的过程中出现了偏差，导致百姓们苦不堪言，我们一年到头耕种劳作，吃不饱，穿不暖，现在还把我们拉到一起搞什么训练，难道不耕种时，我们就很闲吗？我们家里就没事吗？现在除了受官员的气，还得受保长的气，有些保长比官员还难伺候。

不做保丁也可以，除非你的身体有残疾。

好，那我就自断手腕！有的百姓宁愿把自己砍成残疾，也不愿意去做保丁。

可见，变法的确引起了巨大的社会危机。

其实，变法不是不可行，而是王安石操之过急，没有考察并提拔品质过硬的人。随着各地报上来的问题越来越多，反对派的呼声越来越大。一向坚决支持变法的宋神宗也动摇了，是不是应该罢除一些不好的法令呢？

王安石却坚定地摇摇头，不行！没关系，继续干！

但是，朝廷中一大批重量级人物包括高太后等人都陆续亮明态度：反对变法，坚决反对！宋神宗再也坐不住了，我是不是该安静地离开？这样下去，我岂不真的成了孤家寡人？老王，要不你先到一边凉快凉快，我去灭下火？

王安石一声叹息，好吧，我走！

为了让新法能够继续推行下去，临走前，王安石推荐了他的得力干将吕惠卿担任参知政事。让王安石没想到的是，一向乖巧听话的吕惠卿抓牢权力、稳住位置之后，竟然掉过头来陷害他，站在了他的对立面。真是应了司马光在《与王介甫书》中提到的“彼忠信之士于介甫当路之时，或龃龉可憎，及失势之后，必徐得其力；谄谀之士于介甫当路之时，诚有顺适之快，一旦失势，必有卖介甫以自售者矣。介甫将何择焉”。你别看那些对你献媚的人现在对你毕恭毕敬，一旦你失去势力，他们肯定会反过来拼命啃咬你。

王安石的心碎了，外部人反对我，内部人伤害我，我到底还能依靠谁？我真的错了吗？虽然宋神宗缓过神来后一再打算重新起用他，可是，他已心灰意懒，接连以身体不好为由请求辞职。加上他的大儿子突然病死，不撞南墙不回头的他也感到世事无常，到头来，竹篮打水一场空。"犟驴"的高性能配置也渐渐老化，运转不灵了。唉，回家养老吧！

宋神宗望着王安石落寞的背影，心中无限感慨，原本他们想来个石破天惊的变法，没想到变法变得步步惊心。但他没有亏待这位和他一起战斗过的属下兼朋友，加封他为舒国公（后改封荆国公）。

元丰八年（1085 年），宋神宗带着不甘去世了，宋哲宗即位，太皇太后高氏垂帘听政，她一上台就把反对新法最激烈，也是保守派的灵魂人物司马光召到京城担任宰相。一入职的司马光立即宣布全面废除新法。

退休在江宁钟山养老的王安石看着自己一辈子的心血被瞬间废除，悲愤、痛苦、伤心……填满了整个心胸。唉，年轻的我想翻天，现在的我想归天。再见了，凡尘；再见了，亲人。我应该早点去见先皇和儿子。

曾经的硬汉在无限落寞中去世了。

欧阳修、苏轼、苏辙、王安石等唐宋八大家开辟了文章的新写法，磅礴的气势、多变的手法、深刻的思想都深深影响了后世的文人学者。到了明清时期，很多人天天练习八股文，时间一长，总会觉得枯燥。他们想起了韩愈、欧阳修等前辈大师，如何才能像他们一样呢？文人们各有各的想法，各有各的创作。

刘伯温：
求人不如求己，占卜不如行动

——《卖柑者言》《郁离子》（《司马季主论卜》）

工作不如意，我就裸辞

  浙江青田九都南田山武阳村（今浙江省文成县武阳村），一个小孩正在快速地读书。他有一项酷炫的本领——七行俱下（一目七行），无论什么书，他只要看两遍，不仅能背诵如流，还能深入领会书中的意思。因此，他成了智商超高、人人点赞的"神童"。他从小博览群书，当别的小孩还在吃力地背诵四书五经时，他已经开始深入钻研诸子百家、天文地理、兵法数学等各类典籍了。没办法，人家天生就是读书的料，应试书对他来说只是小儿科，他眼睛一扫，轻松搞定。剩下的时间，干啥呢？继续阅读别人没有精力和兴趣研究的书籍。

  他十二岁就考中了秀才，二十三岁时远赴京城大都（今北京市）参加会试，又一举考中了进士。自从有了科举，不用"复读"，不用被考试疯狂蹂躏很多次而能一考即中的人，绝对是考生里的顶级稀缺品种，是大家竞相膜拜的偶像。而能在元朝一举考中的人更是人间精品。

元朝在很长时间内没有实行科举制度，即便后来推行了科举，在录取方式上对汉人也非常不公平。当时的进士分为两榜。蒙古人、色目人一榜，汉人、南人一榜。元朝将人分为四个等级：蒙古人、色目人、汉人、南人，在考试的时候也严加区分。蒙古人、色目人的考试题目比较简单，汉人、南人的考试题目比较难。就拿殿试来说，蒙古人和色目人只用写五百字左右的时务策，汉人、南人却要写一千字左右的时务策。

元朝科举的录取名额也很少，大大低于宋朝科举的录取数量。每等人录取七十五个。看似公平，实则很不公平，因为汉人、南人的数量远远超过了蒙古人、色目人。

而他却在如此苛刻的条件下，一路过关斩将，一考即中。

这个人就是刘基，即大名鼎鼎的刘伯温。

考中科举之后，他被授予江西高安县丞（正八品），成为县令的助理。小伙子终于有了展示才能的机会。他埋头苦干，充满期待。对于当地无法无天的豪强地主和贪官污吏，他严惩不贷。这样的官场愣头青虽然得到了百姓的爱戴，却遭到了地方豪绅的嫉恨，从哪里冒出来的毛头小子？让他赶紧滚蛋！他们联合起来排挤刘伯温。一时间，流言蜚语满天飞，刘伯温陷入了舆论旋涡中。干事无人搭理，处处受阻。

唉，难道我辛辛苦苦考上科举，就为了和小人在一起唱"友情岁月"吗？和贪官一起"排排坐，吃果果"？

一腔热血的刘伯温失望至极，干脆裸辞，爷不干了。

他跑到桐庐隐居起来，一边交友，一边教书。好朋友欧阳苏向他发来邀请，老刘，我家这边山清水秀，生活无忧，来玩玩吧！于是，刘伯温来到江苏丹徒欧阳苏家的蛟溪书屋，过起了半隐居的生活。

为了维持基本的生活，他当起"村办学校"的老师，教村子里的孩子读书，并时不时地邀上三五好友吟风弄月。这样的生活安逸自由但枯燥，对于青壮年来说，没有谁真正想在山里待一辈子，谁不想建功立业？谁不想名扬天下？尤其是满腹经纶的刘伯温，不是他想躺平，而是世道逼得他躺平，只要给他机会，他便能腾云驾雾，鲲鹏展翅。所以他不甘心，时常借游学的机会去结识一些重要的人，他还去过京城寻找机会。所有的努力没有白费，他得到了江浙行省儒学副提举（管理教育、学校里的事务等）的职位，他便到杭州去任职。在这里，妻子为他生下了儿子刘琏。

转瞬间，元朝就进入了奄奄一息、垂死挣扎的境地。各地大小起义不断，红巾军在徐寿辉的带领下攻陷杭州。为了躲避战火，刘伯温带着家人回到了老家隐居。面对势如破竹的起义军，朝廷上下最缺的就是能臣干吏与军事人才。既懂天文地理又懂行军打仗的刘伯温，一时间成了朝廷的香饽饽，他很快被任命为江浙省元帅府都事，主要任务是协助当地政府平定浙东地区方国珍的起义军。

小商人起家的方国珍面对战略高手刘伯温，产生了满满的求生欲，算你狠，我投降！但是，我不能贱卖自己，要借投降的契机低开高走，要个天价。朝廷觉得，给个官职就能解决的事都不叫事，于是派左丞相帖里帖木儿用优厚的待遇去招抚方国珍。

可刘伯温坚决不同意，方国珍乃是地方作乱的带头大哥，又是典型的投机分子，这样的人岂能轻易放过？而且他已是瓮中之鳖，咱干吗要听他的？对他必须严惩不贷。帖里帖木儿听后点点头，说得有道理。方国珍急了，这下完了，打，打不过；投降，又不给官做。曾为商人的他早就摸清了贪官们的套路，他赶紧派人带着重金走海路，上京城，贿赂朝中那些有说话权的达官贵人。元朝的腐败早就深入骨髓，上级官员见钱眼开，挥挥手，多大点事，招安了方国珍吧！刘伯温据理力争，反落下个作威作福、目无领导的名号，朝廷便给他找了个地方——绍兴，让他一边凉快去。

唉，我心凉凉，不再彷徨！刘伯温又辞职不干了。他早就认清了元朝政府的真面目。元朝政府犹如恶臭熏天的下水道，污水横行，老鼠遍地。在杭州街头，他碰到了一个持同样见解的水果商人。

此人非常擅长保存柑橘，就算过了一整年，柑橘也不会腐烂，看起来就像刚采摘的。那金灿灿的颜色，让人忍不住想要上去咬一口。他的柑橘投放市场后，众人纷纷抢购，价格也被炒高了十倍。刘伯温好奇地买来一个，切开一看，哇，一股烟，直冲脑门；这味道，直辣眼睛。里面像一坨烂掉的棉花絮，嘿，这不骗人吗？他问商人："你这柑橘是打算用来当祭祀祖先的供品摆摆样子呢，还是用光鲜的外表来欺骗傻子和瞎子呢？你这样做是不是太过分了？"

水果商人听后若无其事地呵呵一笑，买回去干什么，我怎么知道？我还管这么多？他反过来给刘伯温"洗脑"："我干这行好多年了，凭借这项高超的技术养活了一家子。我乐意卖，别人也愿意买，怎么了？我也没听谁抱怨过啊？怎么到你这里就不行了呢？世界上的骗子还少吗？老兄，你看看那些手握兵符、威风凛凛的将军，他们真的有孙武、吴起一样的谋略吗？那些腆着肚子、戴着高帽的官员，他们真的有伊尹、皋陶的功绩吗？现在盗贼四起，他们不懂抵抗；百姓受苦，他们不懂救助；贪污横行，他们不懂禁止；法度败坏，他们不懂治理；奢侈浪费，不懂廉耻。你看看那些高高在上的老爷们，骑着骏马，喝着美酒，搂着美人，看起来是厉害的人物，实则都是没用的草包。他们外表光鲜亮丽、如金似玉，内心早已肮脏不堪，犹如破棉。你倒好，看不到这些现象，却只看到了我的柑橘。"

刘伯温听后无言以对。难道他说得不对吗？这家伙，和幽默风趣、机智善辩的东方朔有一拼，说话引经据典，头头是道，一点也不像商人，他是不是一个痛恨世道而假托柑橘讽刺社会的高人呢？

这则小故事被刘伯温写成了著名散文——《卖柑者言》，他先记叙这次经历，再借水果商人的口抨击当时的朝廷现状。从将军、官吏两个方面来论证元朝政府的无能——打仗无能，管理不行，人才缺失，这样的朝廷，还能干什么？柑橘好歹还能拿来当祭品，这些吃饭不干事、只想着贪大钱的官员们能干啥？估计只能当王朝灭亡的祭品了。

刘伯温因为"作威作福、目无领导"被元朝政府限制了人身自由，你就在绍兴凉快凉快，哪里都不许去。在这里，他反而找到了乐趣。会稽地区自古以来就是风景优美的宝地，刘伯温广交朋友，游山戏水，原本悲愤的心情得到了前所未有的放松与安宁。他在这里写下了很多优秀的山水游记：《游云门记》《活水源记》《松风阁记》……

但是，天下已经大乱，一个人不可能长久安稳地隐居下去。能力越大，责任也就越大。刘伯温对于天下和平还没有死心，也许平定起义之后，百姓们能够过上一段安稳的日子呢？那样，我也能想去哪里就去哪里。随着前方战事的加剧，朝廷紧缺人手，隐居绍兴的刘伯温又被起用为行省都事，和别人一起守卫处州。可是，这一次的任职经历让他彻底绝望，朝廷上下已经在作死的路上越走越嗨，他们不死，天理不容！我还帮它干什么？留在这里吃最后的晚餐吗？

大约在至正十九年（1359年），目睹了元朝末期官场种种混乱的样子之后，刘伯温终于清醒了，他坚决裸辞，爷不伺候你们了。为这样的政府做事，升职无望，前途无望，生活无望，我又何必守望？算了，干脆回青田老家吧！

唉，一切都回不去了

刘伯温现在要直面的问题，就是如何更好地活下去，在建功立业与隐居世外的矛盾中，该如何抉择？未来又该何去何从？针对这些困惑，他写下了一篇很有意思的寓言——《司马季主论卜》，收录在《郁离子·天道篇》里。

东陵侯（秦人邵平曾被封为东陵侯。秦朝灭亡以后，他在长安种瓜为生，从王侯变成了瓜农）失势以后，跑到司马季主（西汉初年人，以占卜算命闻名）那里去占卜。

司马季主问他："您要占卜什么事呢？"东陵侯答："老是躺在床上的人总想着爬起来，闭门独居久了就想开门出去，每天郁闷的人总想着要发泄。天气热得厉害就要吹风，水道堵塞了就要疏通。有一冬就有一春，没有只屈而不伸的；世间万物，起起伏伏，不可能倒下去就不起来了。我现在比较迷茫，以后该怎么办呢？想要得到您的指教，帮我占卜一下呗？"司马季主一听，来了个高手啊，就说道："听您刚才这么说，证明您已经悟透了世上的道理，还占卜个啥啊？"东陵侯摇摇头："我还是有很多道理没有弄懂，请您帮我开解一下吧！"（刘伯温借两人的对话，说出了自己的疑惑：我的人生起起落落，有输有赢，为什么总是这样呢？我该怎么过好下半生呢？）

司马季主发话了："唉，天道永远是站在有德行的人的一边的。其实，我占卜用的蓍草不过是一些普通的枯草，占卜用的龟甲也不过是普通的枯骨罢了。我们人总比野草和龟甲有灵性和智慧吧？干吗不相信自己的判断而相信占卜呢？不用对未来感到彷徨与忧伤，过去就是今天，今天也是过去。您看看，那些断墙、碎瓦，曾经也是繁华的舞台歌榭；那些枯木断枝，曾经也是青葱、茂盛的枝叶；那些蟋蟀和蝉，也曾有过好听的笙笛之音；那些磷光鬼火，也曾是明亮的油灯、蜡烛；那些郊外的野菜，也曾是罕见的美味佳肴；那些枫叶、荻花，也曾是华丽的锦缎丝绸。（过去的繁华之地、富贵之家，早就衰败了，不见踪影；过去的文人雅士、英雄豪杰，早就去世了，风光不再。他们穿过的、用过的、听过的东西，已经消失了，化作了枯叶、鬼火、荻花等，正所谓'南朝四百八十寺，多少楼台烟雨中'。）不曾拥有的，如今得到了，不必高兴；曾经拥有的，如今失去了，也不必伤心。花开花落，季节变换，再正常不过了。湍急的流水下面必有深潭，高峻的山峰之下必有深谷。这些道理您不早就参透了吗？还需要占卜吗？"（刘伯温又借司马季主说出了自己的想法：世间的规律就是生生死死，起起落落，不可能有永远的快乐，也不可能有永远的痛苦。幸福和悲伤就像一对好兄弟，我们要用一颗平常心看待世事无常。）

求人不如求己，占卜不如行动，不能把自己的未来寄托在毫无意义的预测上。从此，刘伯温安心地隐居青田，耕田，写作。虽然现在无法实现理想，但他将自己安身立命、治国安邦的想法化作一篇篇短小精悍的寓言故事，这些故事集结成册，成了著名的《郁离子》。刘伯温在书中借一个虚构的人物"郁离子"发议论、做点评。现代的很多学者解释"郁离"是"文明"的意思，但我个人比较赞同晁中辰先生的意见，这个书名应该取自西汉王褒的《责须髯奴辞》中的两句诗："离离若缘坡之竹，郁郁若春田之苗。"坡地上的矮竹和田里的小苗都是不起眼的植物，但是生命力很强。刘伯温在痛定思痛之后，决定默默无闻而又顽强不屈地隐居下去，"郁离"符合他当时的心境和对未来的畅想。

但是，刘伯温的名声早已震天响，急需人才帮忙打天下的朱元璋此时派人前来，邀请他出山。

刘伯温的心里起了不小的波澜。早就被痛苦的经历和平静的生活压下去的建功立业的希望再一次燃起,乱世出英雄,天高任鸟飞。历朝历代,王朝末世,如果能够跟对人,一起开创一番大事业,就能成为流芳百世的开国功臣。我去不去呢?

刘伯温陷入了沉思。

我的性格直来直去,嫉恶如仇,坦诚直率。和好朋友相处时,还可以,若是进入官场,迟早会得罪一大帮人,岂不要被他们整死?我曾经是元朝的臣子,为元朝也算恪尽职守,虽然我辞职不干了,可我手上也有起义军的鲜血,将来天下一统,肯定会有人借此发难。

自古讲究忠臣不事二主,我前去投靠朱元璋,会不会让他感觉我是个投机分子?也许他现在会重用我,但等到天下平定以后,他会不会又找我算账?朱元璋到底是什么样的人,值不值得追随?如果我跟着他无法施展才能、实现政治理想怎么办?我岂不又白忙活一场,竹篮打水一场空?那样还不如隐居山中,写作吟诗呢。

摆在刘伯温面前的,也是传统文人在末世之中的三种选择。

一是殉国。我对元朝没有多少感情,干吗要殉国呢?二是投靠起义军。朱元璋值得信任吗?三是隐居。正是我目前做的事情,这样的生活平静、安宁,虽然没有征战沙场那样风光无限,但是,它给我带来了快乐,让我保全了自己。我又何必去凑那个热闹呢?

左思右想后,刘伯温拒绝出山。

朱元璋不干了,小样儿,还清高起来了?他继续派人去请。

刘伯温有些无奈,当时浙江的很多名人都被朱元璋请去了,我如果再拒绝,会不会死得很惨?人家毕竟也是起义军领袖嘛,面子还是要给的，就算他将来统一不了天下，但称霸江浙地区还是很有可能的。到时在人家的地界上，我还怎么混得下去？去见见他也好，万一是个值得追随的主儿呢？

于是，刘伯温动摇了，去见了朱元璋。他将自己多年思考的成果——《时务十八策》献了上去。朱元璋一看，眉开眼笑，真正的人才啊，别走了，跟着我干吧！

当时的朱元璋正处于事业发展期，求贤若渴，头脑清晰，身上散发出来的帝王之气，让刘伯温深深地佩服。这家伙，将来肯定有前途。嘿，那就留下来帮他打天下吧！如今四处混战，国家动荡，我还能隐居多久呢？打出来一片安定的天下，再回来隐居吧！

但是，他所有的担忧在若干年之后都一一应验了，功成身退、再次隐居也成了遥不可及的梦想。

刘伯温如同当年的诸葛亮，给朱元璋提出了决定未来走势的规划：先灭陈友谅，再灭张士诚，将他们各个击破。在陈友谅大军压境之时，他又主张团结一致，拒不投降，稳定人心。在朱元璋消灭元朝势力时，刘伯温殚精竭虑，为他出谋划策，立下了汗马功劳，被比作"西汉的张良"。朱元璋称帝以后，刘伯温担任御史中丞兼太史令，负责监督、弹劾大臣，还制定了《大明律》。他认为法律要制定得宽松一些，但是执法一定要严格，否则，法律就相当于一张废纸。对百姓有用，对权贵无用，那要法律干什么？他是这么说的，也是这么做的，因此得罪了一大批功臣悍将。

有一次，丞相李善长的亲信李彬因谋私被刘伯温抓获。李善长出面求情，要不给我个面子，下不为例？刘伯温摇摇头，法律之下岂能给面子？他秉公办案，将李彬斩首。从此，李善长就和刘伯温杠上了，他开始在朱元璋面前告刘伯温的状。那些骄横的将领和功臣们看到"带头大哥"都发话了，也纷纷对刘伯温落井下石。他们早就对刘伯温不满了，咱们辛苦打天下，不就是为了享受吗？现在倒好，还被他这老家伙约束。没说的，赶走他！

刘伯温心灰意懒了，这些人都曾是皇帝同生共死的兄弟，我怎么和他们斗？天下已定，我也该回家了。于是他请求回乡隐居。在多数与少数之间，朱元璋选择了听取多数，准许刘伯温回老家青田。临走之前，刘伯温献上了两条建议：凤阳不宜做都城；王保保（扩廓帖木儿，元军将领）不可轻视。

不久之后，王保保果然大破明军。朱元璋惊出一身冷汗，刘伯温料事如神啊，这样的人还得重用。于是他亲自下诏给刘伯温，老刘，你有勇有谋，立功无数，不要生气了，回来吧！咱给你升职加薪，怎么样？

唉，画大饼对我早就没有吸引力了。但是，皇帝下通知，不去也得去啊！刘伯温只能硬着头皮来到京城。

此时，李善长退休，胡惟庸继任丞相，他比李善长更加恶毒。为了权力，他可以打击、陷害任何人。功劳巨大、影响力强的刘伯温自然成了他的眼中钉，难道他是回来和我争丞相之位的？那就等着受死吧！

朱元璋欣赏刘伯温的智商和奇谋，但不喜欢他直言不讳的性格。朱元璋曾经对大臣桂彦良说："'江南大儒'的称呼，只有你一个人配得上！"桂彦良听后赶紧摇头："我哪里比得上宋濂和刘

伯温啊！"朱元璋不屑地评价道："宋濂嘛，只不过是个纯文人罢了；刘伯温，严峻而又狭隘，他们都不如你！"在朱元璋眼里，听话、顺从的人才算是最好的臣子。打天下的时候，朱元璋可以任用、容忍一切对他有用的人，但是一旦天下稳固，他就开始大力提拔对他忠诚不二的人，对那些在元朝做过官、曾经犹豫过、对他有过怨言的人，他打心底是不信任的。对皇帝来说，夺取天下以后，能力越大的人越危险。刘伯温晚年无法退隐和突然去世，与朱元璋的猜忌脱不了干系。

刘伯温在京城进退两难，工作不舒心，老家回不去。唉，好歹以前一有不爽，还能辞职隐居，现在隐居山林都成了奢望，人在庙堂，身不由己。我到底做错了什么？郁闷的他生病了。

朱元璋派胡惟庸带着御医来看望他。吃了御医开的药之后，刘伯温的肚子一阵疼痛，犹如石头压着。至于原因，他已经猜到七八分。后来，见到朱元璋，他旁敲侧击地说出了自己肚子痛的情况，但是朱元璋仅仅说了句"哦哦，回去好好休息"！

原本还有些许期待和疑惑的刘伯温彻底寒了心，当初干吗要出山啊！唉，也许我快死了，就能回老家了。果然，身体已经无法活动的刘伯温终于被准许回老家青田养病。

但是，刘伯温病得太严重了，没过多久，他就去世了。

明朝的科举考试注重八股文，但八股文不如唐朝诗赋那么有文采，也不像宋朝散文那么有气势。虽然八股文在形式上融合了各种文体的特长，但是文章的内容受限（局限在四书五经之内），无法让考生们发挥自己的个性与主张，科举考试基本上变成了考查考生智商的"七巧板"游戏。

　　如何写好中规中矩、形式大于内容的八股文，是读书人最关心的事。但写文章时各人有各人的主张，各家有各家的说法，所以就有人发出了灵魂拷问：写文章就不能有点真情实感吗？

袁宏道:

写文章就不能有点真情实感吗?

——《满井游记》

我要做真诚的人

明朝前期,因为杨荣等高官权贵们的推动,文坛流行歌功颂德的"台阁体"。这些文人基本上是属于吃饱了撑得慌,没事儿写点儿文章找事干,所以,"台阁体"的文章内容比较空洞,渐渐引起了大家的不满。以李东阳(湖广茶陵人)为首的"茶陵诗派"最先对"台阁体"发起攻击,他们主张写文章时要学习唐诗那种反映现实的手法。李梦阳、何景明等"前七子"紧随其后,对"台阁体"进行抨击。"前七子"对当世的文章根本看不上,主张写文章就要学习秦汉,写诗歌就要学习盛唐——"文必秦汉,诗必盛唐"。但是时间一长,就有人开始反对了,学古人,并不是要求我们囫囵吞枣啊!而且秦汉时的文章哪有唐宋时的散文好?于是,以归有光、王慎中为首的"唐宋派"崛起,强调写文章时要学习唐宋的散文,在文章中自由抒发感情，很多自然生动、饱含情感的散文就出自他们之手，比如归有光的《项脊轩志》。

可是，"复古派"们不甘心，凭什么要听你们"唐宋派"的？于是以李攀龙、王世贞等为代表的"后七子"又搅动文坛，高喊"文必秦汉，诗必盛唐，大历以后书勿读"，我们就要学秦汉文人的作品，其他朝代的，我们根本看不上！

一个学识渊博的年轻人对这些让人眼花缭乱的创作主张很是不满，你们叫来叫去，争来争去，一会儿学秦汉，一会儿学唐宋，为什么就不能写点属于自己的东西呢？想写什么，就写什么，干吗天天跟在别人屁股后面学呢？

年轻人的名字叫袁宏道。

明朝穆宗时期，袁宏道出生于湖广荆州府公安县，因为家里世代为官，他从小就过着衣来伸手、饭来张口的舒适生活。想学习，有名师；想看书，有藏书。为了延续家族的辉煌，明朝的官宦家庭非常注重对后代学习与考试能力的培养，所以他从小就在父母、老师的督促下拼命学习八股文。闲暇之时，他也学习诗歌与古文。

二十一岁时，袁宏道轻松考中了举人，他开始嘚瑟起来，来年的状元，舍我其谁？

可现实却给了他一个大嘴巴子，还状元？吃颗京城的汤圆就滚回家去吧！会试失败了，连进士都没能拿下。从未有过的打击让他无所适从，我是谁，我要干什么，咋连个进士都考不上？

他想找"偶像"聊聊人生，谈谈理想。

个性文人李贽在当时被正统文人和官员视为"捣蛋分子""神

经病"。因为他一直在猛烈抨击儒家学说，尤其是程朱理学。《论语》《孟子》等都是什么玩意儿？不就是私立学校老师的课堂笔记嘛，何必把它当作万年不变的真理呢？所谓的圣人之言，可能只是他们当时随口一说，我们后世的人却当成了宝贝。老汤再美味，放了上千年，也成黑暗料理了吧？至于朱熹等人，都是些满口仁义的假道学家、伪君子，他们煮了一锅毒鸡汤，害人不浅。他们连市井小商贩和田里老农民都比不上。我们要做真实的人、真诚的人，想干啥就干啥，想说啥就说啥，何必装腔作势？

李贽在中举之后，干脆直接放弃了会试，放弃了做官。

这种大侠式的人物乃是当时年轻人追捧的超级"偶像"。

袁宏道前去拜访李贽。一番交谈下来，他对李贽的崇拜开启了无限循环模式，从此视野大开，信心满满，创作就要说出自己的所思所想，我想写什么就写什么，八股文让我无法自由发挥自己的才华，难道写个古文我还得听这个学派、那个学派的吗？他开始在文学创作中随心而为，直抒胸臆。

带着"绿色好心情"的袁宏道重新出发，又参加了明神宗万历二十年（1592年）的科举考试，终于拿到了进士的"学历证书"。但朝廷的编制有限，当年的进士不一定都能马上安排工作。心情大好的袁宏道感觉无所谓，家里也不缺那点钱，我先出去看一看世界的繁华。他一边游山玩水，一边结交朋友，一边创作文章。三年以后，他得到了第一份工作——吴县县令。

那就在基层大干一场吧！

他勤奋工作，认真处理公务。可是，他越投入，事情就变得越多，领导却变得越不高兴，就你一个人能！时间一长，袁宏道感觉腰酸背痛腿抽筋，生活郁闷不得劲。唉，做官难，做县令更难，做吴县县令难上加难。吴县这个地方，自古进士辈出，能人聚集，退休的达官贵人多如牛毛，随便一个都得罪不起。袁宏道一声叹息，这样忙忙碌碌，还不讨好，那我待在这里干吗？受虐吗？

裸辞，拜拜！

世界这么大，我想去看看！

没有灵魂的文章不是好文章

反正老家离这里很远，袁宏道索性绕道而行，边走边看。他在无锡、杭州、绍兴、桐庐、歙县等风景优美的地方游山玩水，广交朋友，吟诗作赋。在杭州，经过朋友介绍，他读到了大才子徐文长的作品，不禁拍案而起，好文章，好见识，原来诗歌和文章还可以这么写！他和我乃同道中人啊，想写啥就写啥，毫不做作，毫不扭捏。

再看看"复古派"的那些文章，学习古人成了复制古人，我们学的是别人的写作技巧，是灵魂，不是形式。如果一个人没了灵魂，他还是人吗？如果一篇文章没了内容，它还是文章吗？袁宏道对各个"复古派"进行了猛烈抨击："粪里嚼渣，顺口接屁，倚势欺良，如今苏州投靠家人一般。记得几个烂熟故事，便曰博识；用得几个见成字眼，亦曰骚人。"你以为写几个字，就是文豪了吗？

一会儿喊着必须学秦汉，一会儿叫着必须学盛唐，这就好比在别人的粪便里嚼残渣，在别人的屁股后面张嘴接屁。真是骂得直截了当辣眼睛！

我让你们看看什么叫文章！经过多年的思考与总结，袁宏道正式提出了"独抒性灵，不拘格套"的创作主张。写文章嘛，就得写点真情实感，不然写文章岂不成了文字游戏？他一边宣传自己的文学主张，一边四处旅游，创作了《逮赋谣》《竹枝词》等反映现实生活的诗歌，内容通俗易懂还清新；也写下了《虎丘记》《初至西湖记》等游记散文，这些文章天然去雕饰，文字见真情。

他成了"性灵派"的灵魂人物。

在京城做官的哥哥袁宗道写来书信说，老弟，你年纪轻轻，总不能一天到晚游山玩水不工作吧？如果饭都吃不上，还谈什么"性灵"呢？既然你不喜欢当基层干部，那就来京城干吧！

大哥的话不能不听。袁宏道只能北上，先后担任了顺天府（今北京市）教授（管理学校教育的官员）、国子监助教（大学老师）等官职。那个时候，国子监老师的工作相对比较清闲，喜欢游玩的袁宏道很想出游。但他初来京城，很不适应，这该死的天气，冷得让人想冬眠。憋在家里的他早就想出去走走了，结果每次一出门，外面就是肆虐的冷风，刮得飞沙走石。走了不到一百步，他就受不了了，南方的风温柔得像个姑娘，北方这风，野蛮得像个流氓。嘿，算你狠，原路返回，回家继续缩着。

在家憋了一个冬天，第二年一开春，袁宏道就迫不及待地拉着几个朋友到京城郊区的满井"打卡"。满井是明清时期北京的一个旅游胜地，这里有一个标志性的"网红建筑"——一口古井。因为井里的水不断地涌出来，不论什么季节，水都是满的，所以叫满井。

这天，北京的天气稍稍暖和一点，袁宏道一行人走出东直门，来到了满井。高大的柳树立在河堤旁，肥沃的土壤微微有些湿润，一眼望去，空旷开阔，感觉自己就像一只刚逃脱笼子的天鹅，想要自由自在地翱翔。（有近景的柳树、土壤，又有远景的天空。）这时，河流上的冰刚开始融化，明亮的波纹仿佛一层层闪着光的鱼鳞。水流清澈见底，亮晶晶的水面好像刚刚打开的镜匣（古代的镜盒），清冷的光辉突然从水中射出来。远处的山峦仿佛被晴天后融化的雪水用心地擦洗过，干净又清新；又仿佛晨起的美丽少女精心梳理的发髻一样，活泼可爱有灵气。（远近结合加比喻修辞手法。近处的河水，远处的山峦，都很清新，比喻也很生动。）风吹着两岸柳树柔软的枝头，柳条大部分半卷着，将要舒展却没有完全展开，好像伸着懒腰的小朋友。麦田里的小苗刚刚冒出头，犹如野兽颈上短短的细毛。（从远景又写到了近景，比喻很特别，写出了柳树的轻柔和麦苗的可爱。）来到满井的游人虽然不多，但是，时不时地会碰到打泉水回去煮茶的人、拿着酒杯唱歌的人、穿新衣骑驴旅游的人。寒风依然强劲地吹着，一行人空着手走了一段路后，早已汗流浃背。美景太多，让人目不暇接。看，沙滩上晒着太阳的鸟、水面上戏水的鱼，感觉都是那么慵懒而清闲，各处都透着喜悦的气息。袁宏道觉得，郊区、野外不是没有春天，而是他们这些住在城里的人不知道罢了。（从静景又转到了动景，近处游玩的人在活动，远处的鸟和鱼在享受，动物和人都是悠然自得的样子。）

想起在京城大学当老师的日子，袁宏道不禁感叹：嘿，不会因为游玩而耽误工作，能够无拘无束、潇洒快乐地在山野草木之中游玩的人，恐怕只有我这样清闲的官员了吧？满井这个好地方离袁宏道住的地方很近，他准备将这里作为在京城各地旅游的起点，以后就经常出去玩，走到哪里，看到哪里。对，这么有纪念意义的地方，怎么能没记录呢？他结合自己所主张的"性灵说"，写下了一篇散文——《满井游记》，并注明这一天是明朝万历二十七年（1599年）二月。（作者写出了内心的想法与对未来的打算——以后，我要多出去走走看看，满井就是我的第一个目标。）

这篇文章短小而灵巧，真的很"性灵"，全部是按照当时的心情和想法来写的。袁宏道在屋子里憋了很久，心情很郁闷。好不容易看到了春天的美景，自然特别开心，感觉一切景物都是那么清新灵动。文章就是他内心的写照，没有议论，也没有对国家大事的感慨与思考，就是单纯的快乐，和他的"性灵说"主张非常一致。

习惯了游山玩水、自由自在的生活，必然受不了官场上的是是非非、一板一眼。从国子监老师转任为礼部仪制清吏司主事（掌管嘉礼、军礼及学校、科举等事务）等职后，袁宏道感到非常压抑。好在京城的图书比较多，他可以尽情地阅览，又和自己的兄弟、友人创立了"葡萄社"，他们一起谈论诗文，谈论古今。因为袁氏三兄弟都是公安县人，他们的文学流派就被称之为"公安派"，而"性灵说"是这一派的灵魂。随着他们的影响越来越大，文人们争相学习，共同推动着当时文风的转变。

后来，袁宏道的哥哥袁宗道英年早逝，他伤心不已，趁机写了一个长期请假条——《告病疏》，我身体不好，需要回老家躺一躺。这一躺，就是五六年，谁让他家里有矿、身上有才呢？他在公安城的南面，建了一座别墅，名为"柳浪馆"。在这里，他和朋友们一起吟诗作文，寄情山水，好不快活！

但是，朝廷也不可能让你长期占着编制不干事吧？歇了几年的袁宏道被召回中央，担任吏部验封司（掌管文官封爵、褒赠、袭荫等之事的部门）主事，官至吏部考功员外郎、吏部验封司郎中等，还时不时被外派到陕西主持乡试。

人家主持考试是为了捞钱和积累政治资本，他倒好，好不容易来到陕西，怎能不去华山玩一玩？他就一边玩，一边写下了很多游记与诗歌，成了名扬天下的散文家。

没过几年，他又厌烦了官场生活，假条都懒得写了，直接裸辞，提前退休，回家养老。领导和同事们对他只有羡慕嫉妒恨，唉，还是你小子快活，四十岁就能回家养老了。

袁宏道制订了雄心勃勃的旅游计划，要玩遍天下，推广"性灵"。但是，计划赶不上变化，他的身体出现了问题，四十三岁就病死了。

魏禧：
把自己的生活过成武侠小说

——《大铁椎传》

高山顶上的大侠

　　明末清初，江西宁都的翠微峰高耸入云，仿佛飘浮在白云里的孤岛。它的四周是陡峭绝壁，犹如被斧头砍过一般，垂直而上。隐隐约约中，能看到一条狭窄的栈道蜿蜒盘旋向上，栈道上的阶梯由人工凿成，只有一人身体的宽度。好不容易爬到山峰上，"易堂"两个字便映入眼帘，这种鸟都飞不上来的地方，居然有人住！

　　继续往里走，竟然别有一番洞天。哇，是个小村落！这个村落里住着九户人家，难不成这是被仙界遗忘的地方？在易堂的东边，有一座草堂，门上写着"勺庭"二字，堂前用石头砌出了一个勺子形的水池，里面的荷花随风轻舞，飘来阵阵清香。草堂的西侧建了一座用来聚会赏景的阁子，正前方有一间石头砌的房子，里面摆满了书籍。一个长相斯文，眼神却透出一股杀气的人正在里面读书。

他的名字叫魏禧，明末清初三大散文家之一，他那传奇的经历，使他活成了武侠小说里的世外高人。

明朝熹宗天启四年（1624 年），魏禧出生在江西省宁都县城的一个富有家庭。他家里不是一般的有钱，是很有钱！他的老爸叫魏兆凤，既能如"及时雨"宋江般乐善好施，急人之难，又能如"托塔天王"晁盖般豪爽勇敢，敢爱敢恨。崇祯初年，魏兆凤被朝廷征召。对于这来之不易的机会，他却摇了摇头，如今的朝廷里只有结党内斗，大爷不想去凑热闹。有这样个性十足的富豪老爸，三个儿子魏祥、魏禧、魏礼肯定也不会差，尤其是二儿子魏禧完美地继承了父亲的基因。虽然他从小体弱多病，但是身体修长，目光如电，又能刻苦读书。不仅聪明好学，学识渊博，还乐于助人。

年少时的魏禧和其他读书人一样，会钻研科举应试技巧，希望能够登上皇榜，光宗耀祖，治国平天下。可是，没等他到京城应试，一个叫李自成的人就搅动了大明朝的"奶酪"，全国各地陷入了混战。接着，清兵入关，明朝转眼之间就被清朝取代。当崇祯皇帝上吊自杀的消息传到宁都，魏氏父子抱头痛哭，他们吃不下饭，睡不着觉，怎么一眨眼的工夫，咱们竟成亡国奴了呢？

魏禧傻眼了，这些年我学的都是些什么玩意儿？朝廷上那些靠着八股文上位的官员们都在干啥？竟然被清兵打得亡国了！那我还学什么八股文？八股文有什么用处？用八股文烦死敌人吗？于是，魏禧做出一个重要的决定：再也不参加科举考试，他要钻研一切实用的学问。之后，他跟随姐夫邱维屏学习古文，深入阅读历史，尤其喜欢《左传》和兵法。一边作读书笔记《日录》，一边着手《兵谋》《兵法》《兵迹》等军事书的写作。

　　明朝虽然灭亡了，但各地反抗清军的势力还很多。魏禧也亲自参与了原兵科给事中曾应遴等领导的反抗斗争，他的父亲魏兆凤不惜变卖家产，招募"雇佣兵"维护地方治安。可是，一波又一波的反抗被清兵血腥镇压，各地盗贼又乘机抢劫百姓财物。看着破碎的山河，研究过兵法的魏禧明白大势已去。投降？绝不可能。为今之计，只有以退为进，三十六计，走为上计。

　　可是，去哪儿呢？

　　宁都城西郊四十里处有座金精山，周围奇峰林立，有名的山峰就有十二座。经过仔细勘查和对比分析，魏禧选择了地势最为险要的翠微峰，这里四面都是悬崖绝壁，易守难攻。而山顶风光秀丽，适合住人。就是它了！全家人一致通过。

　　说干就干。魏家人变卖所有家产，雇人在合适的地方开凿石梯，让石梯直通山顶。姐夫邱维屏，同乡及朋友曾灿、李腾蛟等人听说后，觉得这个主意好，也带我们去山顶吧！他们有钱的出钱，有力的出力，集资建房，在山顶开辟平地，挖池蓄水，种植蔬菜、谷物。

　　很快，翠微峰峰顶就形成了一个世外桃源般的小村落。大家携家带口，隐居山顶。一同上去的有九家人，魏禧与哥哥魏祥、弟弟魏礼、邱维屏、彭士望、林时益、李腾蛟、彭任、曾灿等，他们都是魏禧的亲人或朋友，个个身怀绝技，学识渊博。

　　该给这个住满了文化人的小村落取个啥名字好呢？

　　这个光荣的任务交给了研究《易经》的专家——邱维屏。经过一番思考，他决定为这个村子取名为"易堂"，希望通过《易经》

中的智慧帮助大家渡过难关。而"易"在小篆体中有点类似"日"和"月"的结合，"日""月"又组成了一个"明"字，表达了他们对明朝的忠诚与不舍。因此，魏禧与其他八个人又被称为"易堂九子"。

他们在一起锄草种地，看日出日落，读书写字。也会坐在一起切磋学问，他们常常为了一个问题争得面红耳赤，唾沫星子乱飞。但是，他们从不会为此伤了和气，有了矛盾就辩论，辩论完了，就一起排排坐，吃果果。

为了让隐居生活更加安全与长久，精通兵法的魏禧派专人守护在山庄的入口，并制定了严格的上山规定，如陌生人必须由山寨人员陪同才能上山，而且不得带刀；黄昏后必须紧闭寨门等。清军占领宁都县城以后，烧杀抢掠，百姓遭殃，只有翠微峰上的人没有受到伤害。

可是，山顶上的生活也并非那么浪漫与舒适。九家人加起来差不多有一百人，粮食供应就是个大问题。山顶上种种蔬菜、养养鸡鸭还可以，水稻就没地方种了。粮食必须从山下购买，并由人工背上去。而且，山顶上经常要么干旱缺水，要么暴雨毁屋。

这些还是钱能解决的事情，不是大问题。最大的问题是长期待在狭小的地方，会让人感觉孤独、寂寞，尤其像魏禧这样立志学习有用之学、胸怀天下的人。而且他还有一个始终埋藏在心底深处的志向——反清复明。如果一辈子待在翠微峰上，掌握再多有用的知识又有什么用？即便心怀天下苍生，又有什么用？

于是，魏禧做出了一个重要的决定。

他要走出去，看看外面的世界，结识英雄好汉。他先后多次出游江浙、江淮等地，考察地理形势，希望能找到反清的根据地；寻访忠烈志士，希望能认识志同道合的人；研究兵法奇谋，希望能得到活学活用的机会。这期间，他也编写完成了《兵谋》《兵法》等军事著作。

交游虽然没能成功打下反清复明的基础，却帮助他认识了各种各样的人，听到了各种各样的故事，为他的文学创作提供了很多难得的素材。

庚戌年（1670 年）十一月，魏禧从扬州回家，和一个叫陈子灿的人同坐一只船。得知陈子灿爱好舞刀弄枪，魏禧就向他传授兵法奇谋，希望他以后有所作为。魏禧心想，既然喜好武功，他必定见过什么英雄豪杰，于是就好奇地问道："你走南闯北，可曾见过什么奇异的人呢？"陈子灿点点头："还真有，我曾经碰到过一个叫大铁椎的奇人。"

"哦？说来听听！"魏禧迫不及待地搬来小板凳，听对方说起了一个江湖大侠的故事。

一骑绝尘，我去也

据说，在清朝初年的河南怀庆青华镇，有一个姓宋的人，此人擅长武术，很多人前来拜他为师，人送外号"宋将军"。

一天，有一个怪人慕名而来。众人看到他后不禁摇头，此人长得丑也就罢了，还出来吓人。只见他不戴帽子，不穿袜子，头上裹着蓝巾，脚上缠着白布，腰带中裹着银子，右腋下牢牢地夹着一把四五十斤的大铁椎，大铁椎柄上缠绕着一根长长的铁链。那家伙，没点力气是拿不动的！

一丝寒意瞬间袭来，众人不自觉地后退，这就是气场！很快气场变成了"气压"，压得每个人都不敢说话。大家心里充满了无数疑问，他到底是什么人？他来干什么？

来人没说话，宋将军也没问。他安排晚宴招待来自五湖四海的朋友，多一个人吃饭也没什么。那个怪人拱了拱手后就坐到了凳子上，他不仅长相难看，吃相也难看。好家伙，一桌的饭菜被他的血盆大口一扫而光。他只顾吃，不说话。大家屏住呼吸，都觉得不可思议，这个人的饭量太大了！

"你从哪里来啊？"

"……"

"你叫什么名字啊？"

"……"

大家热情地问，怪人冷静地吃，不抬头，不说话，不交流。

哦，他是来耍酷的！

众人暗地里给他起了个外号——大铁椎。

宋将军热情好客，来者不拒，对怪人的行为也没有计较，还安排他住了下来。

每天清晨，宋将军教人练武时，怪人总是跑来看。

难不成他想跟我学功夫？早说嘛，干啥这么害羞呢？自觉多了一名大汉粉丝，宋将军有些得意扬扬。

过了几天，怪人朝正在教人练武的宋将军走去，用带着楚地（今湖北地区）的口音说道："我当初听到你的名声，把你当作英雄豪杰，特地前来结交。可是，我发现你只会花拳绣腿，告辞！"

嘿，竟然小看我！

原来这家伙会说话啊！

众人既惊异又愤怒，他是个什么玩意儿！拿着把大铁椎撑场面？除了耍酷，他会干吗？

宋将军气得血压飙升，不过他见多识广，转念一想，敢如此对我说话的人，必定是个不凡的人，我倒要看看他有多大的本事。宋将军马上拉住对方的手，说："好汉，留下来切磋一下如何？"

大铁椎摇摇头，说："我曾经杀了很多拦路抢劫的强盗，夺了他们的财物，很多黑道人物四处找我报仇。如果我留在这里，恐怕会牵连到你。（原本我以为你有两下子，现在看来根本不管用，万一强盗找来，你肯定应付不了。）今晚，一伙强盗约了我到郊外决斗。"

黑吃黑？

宋将军兴奋了，这等人物必定是个狠角色啊！平常人哪有这个胆量？我不能错过这个千载难逢的机会。于是他兴奋地说道："你稍等，我骑着马，带上弓箭，前去助你一臂之力。"

大铁椎看了看宋将军，摇了摇头："你？还是不要去了吧！那些强盗武功高强，人多势众，到时候我还得腾出手来保护你，岂能杀个痛痛快快、干干净净？"

我的自尊心哪！

宋将军感觉受到了极大的侮辱。我这么厉害，还需要你保护？我倒要看看，你有多大的本事！

"我自己去，不用你保护！"宋将军执意前往。

大铁椎很无奈："好吧，你去看可以，但必须听从我的安排。"

好奇的宋将军点点头，没问题！

很快，晚上到了，天空星光点点，原野一望无际，百步之内都能看到人。大铁椎把宋将军安排在一座荒废的堡垒中，严肃地对他说："你只许躲在这里观看，千万别出声，以免强盗们发现你。"

嘿！这家伙……

宋将军正要说什么，却被一双铁爪按得快要散架："嘘！别出声！"

大铁椎纵身上马，在原野上飞驰而下。只见他拿出一只木管乐器，吹了几声，发出信号。不一会儿，二十多个骑着马的强盗凶神恶煞地从四面八方围过来，后面还跟着一百多个背着弓箭跑步前进的小喽啰。

一个强盗挥起马鞭，策马狂奔，拿着大刀砍过来，嘴里大喊："送死吧！"

大铁椎大叫一声："看椎！"马头瞬间被砸得稀碎，强盗应声落地，哎呀，原来送死的是我啊！失误，失误！

一伙强盗见状，惊呆了！猛人，真的好猛，名不虚传哪！

既然单打独斗行不通，那我们就群起而攻之，干他！众强盗如同黑云一样压了上去。大铁椎抡起四五十斤重的铁椎，耳边呼呼作响，强盗们纷纷跌落，连人带马栽倒在地。三十多个人直接鲜血狂飙，惨不忍睹。

躲在城堡上的宋将军此时吓得两腿发软，迈不开步子，差点儿从堡垒上掉下来。他一边屏住呼吸继续观看，一边抹着满头冷汗。幸亏没下去，要不然还能保住小命？

剩余的强盗看着同伴们血肉模糊的尸体，望着大气不喘、大手握椎的狠人，腿脚发软，眼冒金星。

赶紧闪人！之后拼命四散逃去。

大铁椎对着堡垒里宋将军的方向，大叫一声："我去也！"

只见他飞身上马，狂奔而去，只留下滚滚飞尘，不知去了何方。

魏禧根据陈子灿的讲述，创作了一篇记人散文——《大铁椎传》，通过外貌、语言、动作等描写出了对方的怪：不说话，带着奇特的武器。然后用看起来强壮、实际上胆小的宋将军，与看起来呆板、实际上勇猛的大铁椎进行对比，用动作描写、心理描写写出了大铁椎勇战盗贼的场面，突出了大铁椎的勇敢与神秘。让人不由感叹，夸夸其谈的人未必有用，沉默不语的人也许是个狠角色。

如果能有这样的勇士相助，何愁大业不成？

但是，当时的清朝已经进入了康熙时代，雄才大略的康熙通过各种手段收揽了人心，安定了百姓，让大家有饭吃、有书读，想要造反的人越来越少，魏禧反清复明的梦想也失去了群众根基。随着众多好友的离世和自己头风病的频繁发作，游历四方的魏禧渐渐感到前途渺茫，梦想越来越远。大家能吃饱喝足，谁还愿意反清复明？身体病痛的折磨，让魏禧哪还有激情干事业？

魏禧只得隐居深山，开馆收徒，用心教书。

他的教学方法很先进，课堂氛围既紧张又轻松。他和学生打成一片，经常和学生玩游戏，谁输了谁喝酒，然后趁着大家醉醺醺的时候布置作文：把咱们今天的游戏写成文章交上来。

对于学生的批评，他也会虚心接受。曾经有个叫任安世的学生听魏禧说，他们可以随时对他提意见，就立刻说："老师啊，您说过，只有气量很大的人才能享受大福。您现在看自己的文章，总是沾沾自喜，恐怕气量不够大吧？您怎么欣赏起自己的作品来了呢？"

小年轻的批评果然尖酸刻薄，一点面子都不给魏禧留。但是魏禧并未追究，而是惭愧地说："唉，你说得对。我自负的老毛病又犯了，怪我，怪我！"从此，他更加谦虚低调，不断改进写作的技巧。

康熙十七年（1678 年），朝廷下令开设临时性的制科——博学鸿词科考试，催促各地官员积极举荐学识渊博、诗赋出众、影响巨大的学者大儒们参加。在清朝初期，很多名士大儒不愿意和清廷合作，但朝廷认为这些人"粉丝众多"、见解独到，极具"品牌效应"和推广价值。如果能把他们拉拢过来，肯定能够带动广大读书人忠心地服务于大清王朝，让他们出谋划策，稳定人心。毕竟"全民偶像"都愿意跟着清政府混饭吃了，我们又有什么理由不去为大清服务呢？

于是，康熙想出了博学鸿词科考的"招聘"办法。

此科一开，天下震动。因为不论是谁，出身如何，以前做过什么，都可以参加。皇帝亲自出题，亲自参与批卷，考中的人立即进入翰林院，前途远大。如果按照科举的正常程序，能快速、直接进入翰林院的只有状元、榜眼和探花。明清两朝有个不成文的规定："非进士不入翰林，非翰林不入内阁。"没有担任过翰林院实习生的人，就没有资格进入核心权力部门，因为宰相等高级官员必须从翰林院人才中选拔。

这种考试的难度相比唐宋时的制科考试，已经大大降低。只要学问好，走个过场，考一次就能得到状元般的待遇。

在巨大的诱惑面前，读书人的心态发生了变化，很多人开始积极去参加考试。

但也有少数人冷眼旁观，比如名扬天下的顾炎武、吕留良等人，他们誓死不考，让我们当宰相也不去，爷儿们就是有个性。而被当地政府催促去考试的魏禧则干脆躺在家里，用被子蒙头装病，咱身体不好，下不了床，没法去！

虽然我左右不了时局，但我可以左右自己。

随着清王朝的统治越来越稳定，百姓们的生活水平越来越高，反清复明的人急剧减少，魏禧的心态也发生了细微的变化。想起复国无望，身体多病，又没有子女，蹉跎一生，自己到底有什么成就呢？到底能为世人留下些什么呢？

治国平天下是不可能了，那就留下自己的著作吧！

晚年的魏禧也愿意结交一些人品出众的清朝官员，希望通过他们宣传自己的作品，通过他们实现自己治国平天下的理想。

他的文章名气越来越大，成就也越来越高，他也成为与侯方域、汪琬齐名的"明末清初散文三大家"。

随着清王朝的统治越来越稳固，皇帝们对文人的控制也越来越严格，恐怖的文字狱和奴才文化，让大家不得不缩着头做人。文人们只能通过各种方式发泄心中的苦闷，比如就有人写起了鬼神故事。

纪晓岚：
一支笔就让你们无处可逃

——《河中石兽》《两塾师》

这不是电视剧，咱没那么洒脱自如

每天清晨，皇宫里的"上班族"就能看到一个独特的同事，他拿着一根特制大烟杆，挂着特大型烟袋，一边走，一边抽，从虎坊桥的家一直抽到圆明园，几十里路都抽不完。那吞云吐雾的感觉，就俩字可形容：好爽！

每天傍晚他回到家，桌上已经摆满了各种肉和一壶茶，没有米饭，没有蔬菜。他直接开吃，狼吞虎咽的样子，如同一头饥饿的老虎看到了一群羊羔。

从正常的养生角度来说，此人生活习惯极差，肯定活不过五十岁，可人家却在"人生七十古来稀"的古代，硬是挺过了八十岁。

他就是清朝的大才子——纪晓岚。

纪晓岚前半生凭借高智商一路开挂，从小就得了个"神童"的称号，二十岁参加秀才考试，取得了第一名。参加顺天府乡试，又得了第一名解元。这一次，他还很幸运地得到主考官刘统勋的赏识。通过会试之后，他参加殿试，考中二甲第四名，虽然比不上一甲前三名那么风光，不过起点也很高了。

清朝殿试后，二甲、三甲的考生中擅长文学与书法的人可以担任翰林院庶吉士。庶吉士相当于翰林院的临时合同工，但这个临时工可不同于一般的临时工，是直接服务于皇帝的——负责起草诏书，为皇帝讲解经典名著等。庶吉士只要有才能，就很容易获得皇帝的赏识。庶吉士中有很多成为风云人物的，比如张居正、曾国藩、蔡元培（后来的北大校长）等。

只要在翰林院待过，不管是正式工，还是合同工，只要你才华出众，总有很多升职加薪的机会。

纪晓岚凭借渊博的学识先后担任武英殿纂修、功臣馆总纂、国史馆总纂、方略馆总纂。他突出的才华和随机应变的能力，很快引起了皇帝的注意。

一次，乾隆皇帝在南巡途中经过通州，看着南来北往的车辆，触景生情，在我的统治之下，国家如此繁荣，不错，不错！于是他随口吟出一个上联："南通州，北通州，南北通州通南北。"然后他瞥了一眼随行的大臣，看谁能对得上。众人面面相觑，您老人家出上联当然容易了，对下联可不是闹着玩的，对得不好，我们在您面前的印象分就没了，以后还怎么混啊。

突然，人群中传出一个声音："东当铺，西当铺，东西当铺当东西。"

乾隆皇帝很开心，当铺多，也是繁华的标志嘛，形式与内容也都能对得上，牛！众人回头一看，原来是大才子纪晓岚。

纪晓岚用电脑程序般的反应速度得到了乾隆的赏识。

乾隆有一次外出游玩，路上闲得无聊，就又开始显摆，随口说出了上联："两碟豆。"纪晓岚随口对出："一瓯（杯）油。"乾隆心里有点不服，我每次刚说出上联，你就随口对得出下联，不能总让你这么牛气哄哄，否则时间一长，你就不知道天高地厚了。于是他哈哈一笑："朕说的是'花丛两蝶逗'，你自作聪明了，是不是？"

哼哼，这点小门道也能难住我？纪晓岚不慌不忙地答道："万岁爷，臣对的可是'水上一鸥游'啊！"

乾隆一听，服了，服了！纪晓岚可是朕的超级开心果，留在身边，陪我玩玩吧！可是，伴君如伴虎，在聪明绝顶而又高深莫测的乾隆面前，没点应变能力很难扛得住。

不久，纪晓岚就迎来了人生中的第一场暴雨。

两淮盐运使卢见曾因主持公道而得罪了盐商，后来又因交友不慎而导致财政亏空，被人告发。朝廷暗中查证，准备抄没卢见曾的家产。纪晓岚急了，卢见曾是他的亲家（纪晓岚的长女嫁给了卢见曾的长孙卢荫文），如果他被抄家，自己的女儿怎么办？于是，他决定给卢见曾通风报信，老卢，赶紧转移资产吧。

但他又不能直接跑到卢家去说，怎么办呢？纪晓岚左思右想，对了，打哑谜！他将少许茶叶和食盐装在一个空信封里，没写一个字，就直接寄走了。收到信的卢见曾惊出一头冷汗，"茶叶和信封"代表"查封"，"盐"代表"盐案"，这不是告诉我"盐案亏空事发，很快要被抄家"了吗？为了子孙后代，卢见曾赶紧转移了大部分财产。等到官府前来查抄时，卢家已经没什么值钱的东西了。负责办案的和珅查明了真相，好你个纪晓岚，老子本想乘机捞点油水，你竟然一毛不拔啊！别怪我心太狠，只怪你手太稳。和珅上奏，乾隆大怒，他直接斥责纪晓岚，你竟敢通风报信？

虽然卢见曾也有被冤枉的地方，但是，纪晓岚身为朝中大臣，通风报信，阻碍司法，的确做得不对。所以，聪明的他早就想好了对策。在更聪明的乾隆皇帝面前，唯有坦诚，才能保命，于是他回答道："皇上严于执法，合乎天理之大公；臣惓惓私情，犹蹈人伦之陋习。"他先拍皇帝的马屁，您大公无私，值得敬佩。然后坦陈内心，我念及儿女私情，这是普通人的陋习。哪有父亲能眼睁睁地看着女儿将来吃不饱饭呢？

原本等着纪晓岚辩解的乾隆，一时无语，好吧，好吧，你为了女儿，情有可原，这次饶了你的狗命，发配新疆吧！

就这样，纪晓岚来到了千里之外的乌鲁木齐。在这里，他看到了独特壮丽的美景，听到了很多奇人异事，为他后来的创作打下了基础。发配期满，他回到了朝廷，被恩师刘统勋推荐去主编《四库全书》。从此，编书成了他后半生中最重要的工作。

郁闷的时候，总要找个发泄地

纪晓岚无奈而又悲伤，主编《四库全书》虽然是大多数文人一辈子都难以企及的目标和荣誉，但这并不是一件好差事。如果不按照皇帝的意思对各种图书进行删减，那他迟早会死于文字狱。《四库全书》开馆期间，发生了五十多起文字狱案件。他自己好几次也被牵进案子中，多次被记过。每次逃过一劫，他就如和阎王爷握个手以后又重见天日。

在烦琐的工作中，偶尔也会发生一些有意思的小插曲。

一天，纪晓岚正在四库全书馆紧张地工作。天气炎热，他索性光着膀子、盘起辫子，一副江湖黑老大的打扮。可就那么不巧，乾隆皇帝来到馆中巡视。哎呀，让皇帝看到我这个不雅的样子，岂不要被惩罚？穿衣服是来不及了，只得赶紧钻到桌子下面，用桌布把自己挡起来。而乾隆早就看到了这一幕，为了捉弄纪晓岚，他故意坐下来，示意大家该干啥干啥。

过了好长时间，憋得一身臭汗的纪晓岚听到外面没什么动静，就从桌子底下探出头来，轻声问道："老头子走了吗？"看到大家不约而同、惊恐不已地望着同一个方向，纪晓岚就明白自己闯祸了。

还没走的乾隆很不高兴，这家伙是不是想死？竟然私底下称呼我为老头子？

纪晓岚迅速从桌底下爬出来，赶紧磕头解释"老头子"三个字的含义："皇帝万岁岂不是'老'？居高临下、顶天立地岂不是'头'？上天之子岂不是'子'？"

乾隆听后哈哈大笑，好你个纪晓岚，算了，起来吧，饶了你了！

其实，乾隆不过是把纪晓岚当作逗乐的工具，当纪晓岚以为自己受宠而谈论国家大事时，却被乾隆劈头盖脸一顿臭骂："我只不过觉得你的文学功底还不错，所以叫你管理四库书馆。你以为你是谁？你不过是我花钱养的杂耍小丑罢了！你竟然不知道天高地厚和我谈什么国家大事！提什么治国建议！就你能？"

乾隆的话犹如毒刺一般扎在纪晓岚的心中，我不过是个小丑？唉，这位皇帝看似宽容大度，实则满汉界线分得清清楚楚。我们算什么？在他眼里，不过是跳梁小丑罢了。你得按照他制定的游戏规则来，玩得不好，还得掉脑袋。

纪晓岚常常叹息。唉，我又能怎么办呢？毕竟是他给我发工资和奖金，还让我从千里之外的新疆回到京城。罢了，胳膊拧不过大腿，我还是安心编书吧！在自己力所能及的范围内，保护那些必须被毁掉的书籍！

编书之外，纪晓岚还想写点传世的经典著作。

历史、文学、哲学等各个方面的书常常被禁，那我还能写些什么东西呢？原本我想做一个经学大师，可是写不好就要被牵进文字狱。可又不能这样无所作为吧？总不能死后连自己的作品集都没有吧？

犹豫再三的纪晓岚想起了鬼神故事。之前，鉴于传统士大夫的骄傲和观念，他看不上干宝的《搜神记》和蒲松龄的《聊斋志异》，现在反而觉得这样的书挺有趣。写鬼神故事既能通过鬼神的世界表达自己的想法，又能吸引众多的读者阅读。有什么不可以呢？现实的世界和之前的历史不能写，太压抑了！如果能将嬉笑怒骂和思想观点融入妖魔鬼怪、奇谈异闻等故事中，也算是对苦闷的一种宣泄。

人嘛，总得找到目标，否则，岂不成了行尸走肉？

从此，纪晓岚一边主编《四库全书》，一边写《阅微草堂笔记》。

当时，社会上刮起了考据风。文人们埋头对古籍进行整理、校对、解释，对古人说的每句话、每个字都要研究其出处。这个字在古代的意思和解释是怎样的，那个字在古代的发音和笔画是怎样的。找证据，找资料，实事求是，不厌其烦。

这种研究方式是汉代人研究儒家经典的重要方法，所以这种考据学又被称为"汉学"。它的好处是能对古人流传下来的各种资料去伪存真，恢复它们本来的面目；缺点就是埋头于细碎的研究，容易让人忽略创新。

考据学的兴起主要有两个原因：一是清朝恐怖的文字狱让大家不敢写想写的文章，不敢表达独特的见解。无处安放的青春该如何发泄呢？只能对古人留下来的大量著作反复考证、修订和解释。二是八股文考试。八股文要求考生模仿古文的语气，照搬古人对儒家经典的解释，不允许考生自由发挥。既然要代圣贤说话，那圣贤当时是怎么想的呢？如此就有必要对古籍中字、词、句的意思以及历代的注释进行重新审视和整理，搞点考试配套参考书。

于是，各路人马齐上阵，扎堆古籍重考证。

当然，天下不可能只有一种声音，与汉学相对的是"宋学"。宋学讲究对古人的著作进行合理的推测与理解，注重文章的思想与精神内涵，不去纠结烦琐的考证和资料。这是宋代理学家们经常使用的方法，所以叫"宋学"。优点是能够推陈出新，跟上时代的发展；缺点是让人在研究时容易脱离文本，随意发挥。孔子的原意也许不是这样的，但是宋学家们可能因一知半解而又自以为是，主观臆断，不能全面深入地调查、探究古人的观点。甚至这些人往往嘴上喊着"存天理，灭人欲"，实际上却做着满足欲望、无视天理的事，让人感觉他们有点道貌岸然。

纪晓岚在他的《阅微草堂笔记》中就写了一些相关的故事，比如《河中石兽》，讲述了和尚、老学究、老兵在对待同一件事情上的不同看法和表现。

清朝时，沧州的南边有一座寺庙位于河边。一次洪水暴发，寺庙的大门被冲垮，门前的两座石兽也都落入水中。十几年过去了，曾经远走他乡的和尚们弄到了"风险投资"，准备翻修寺庙。石兽乃镇庙之宝，必须找到！

咦？怎么在水中找不到石兽呢？难道在下游？几个和尚按照惯性思维，划着小船，到下游找了十几里，也找不到石兽。

为什么？

一个在学校教书的老学究，听了事情的经过，自信满满地对着和尚嘲笑道："你们傻不傻？两座石兽，又不是两片木头，怎么会被河水冲走？肯定是被沙子埋在河底了啊！在原来的地方深挖，不就找到了？"老学究为自己的聪明得意地笑，和尚们为自己的失误惭愧地笑。

嘿，我们太笨了，老先生说得是！

可挖了半天，和尚们依旧没能挖到石兽。

一位镇守河防的老兵笑了，小年轻、老学究，都没有经验啊！你们应该到上游去找啊！

啊？为什么呢？

石头坚硬沉重，沙子疏松轻浮，河水冲不走石头，却能冲走石头下面的沙子。慢慢地，石头迎水的方向肯定会形成陷坑，越冲刷，坑越深，石头就会往坑的方向倒。日复一日，石头就会往逆水的方向翻转、前进。不在上游在哪里？

啊？

和尚们将信将疑地前去上游，结果真的在上游几里处找到了石兽。

唉，凭空想象，让人笑掉大牙。和尚们又学了一招！

和尚们凭着直觉去找石兽，因为普通人都会这么想；老学究依据猜测提出建议，但他根本就没有经过考证和观察，而是随意发挥自己的想象；而老河兵依据多年的实践提出建议，他治河多年，经验丰富，最终成功。纪晓岚借这个故事抨击了那些自以为是的学究，说明做任何事，都不能凭着主观想象，盲目判断。

《河中石兽》批评的是学究们的做事方法，而《两塾师》揭露的则是他们的道德水准。

有两位教私塾的先生，每天都在学生面前自夸，咱的道德和学问都是一流的，跟着咱学，保你们每天都有进步。有一天，他们在一起讲解理学知识，下面坐着十几个学生。两个先生一本正经地在台上讲解人性的善恶，做人啊，要善良、诚实，不能干违背天理的事，否则就会被天打雷劈。他们越说越激动，越说越沉醉，仿佛自己就是道德与正义的化身。

同学们抬头仰望，对他们崇拜不已，真是好老师啊！

忽然，一阵诡异的风吹进来。讲台上的一张纸被吹落到了地上。一个学生捡了起来，哇，不看不知道，一看吓一跳。这张纸竟然是两位老师来往的书信，内容十分辣眼：他俩正在密谋如何欺骗村中一位不识字的寡妇，夺取寡妇的田产，事后又如何分赃等。

学生们眼睛喷火，心里凉凉，呆呆地看着两位"口吐莲花，不干人事"的老师，你们真牛！一边用嘴巴上课大讲诚实守信，一边用毛笔写信探讨害人技巧。您二位是表演系的老师吗？

在文章的最后，纪晓岚进行了点评：看来是老天有眼，孤苦伶仃的寡妇感动了鬼神，吹进一阵风来保护她，揭开了两个打着"道德家"旗号的伪君子的面目。

这样的故事大部分是在阅微草堂（纪晓岚在北京虎坊桥住宅中的书斋名称）里完成的。纪晓岚无论是下班回家，还是退休在家，大部分时间都在收集、写作一些奇闻异事：狐仙鬼怪、亲身见闻、风土人情等。陆陆续续写了十几年，总共完成了二十四卷，一千多则故事。每写完一本，书商们就争着出版。周围的人也会争抢着拿去手抄。他的书成了畅销书。后来，盛时彦将纪晓岚在不同时间写成的五本书合在一起，取名为《阅微草堂笔记》，纪晓岚又在每本书前加了简短的小序。为了不让别有用心的人拿去做文字狱的材料，纪晓岚对外公开宣称，他写狐鬼神怪故事的目的是营造良好的社会风气，劝导大家向善弃恶。

纪晓岚的晚年基本上是在创作中安然度过，至于书中的内容与思想，则是仁者见仁，智者见智。

大清王朝为了皇权的稳固，文字狱、奴性教育等手段无所不用

其极。人们变得越来越压抑，国家也越来越病态，于是有人开始反思，如何才能医治生病的国家呢？

龚自珍:

人生病了,可以吃药; 社会生病了,该怎么办呢?

——《病梅馆记》

学霸不一定是考霸

清朝道光九年(1829年),京城会试的考卷批阅现场,考官们正在紧张地阅卷。突然,考官王植看到了一份与众不同、极具个性的答卷,这份答卷中的观点奇特,很有意思,他不禁笑出了声。隔壁的考官温叔平听到笑声之后,跑过来一看,这语言风格,除了那个怪异的人能写出来,还能有谁? 于是他开玩笑地对王植说:"这肯定是龚定盦的文章,这种文风只有他能写得出来。他已经落榜多次了,心里肯定积着怨气,逮到谁就骂谁。如果你不给他通过,以后肯定还会挨骂。我看你不如手下留情,给他'合格'算了。"

原来是他! 王植惊出一身冷汗,嘿,考场钉子户向来就难缠,何况还是个笔如利剑、嘴如钢刀的钉子户! 如果不给他过,万一他写文章开骂,我岂不惹得一身骚,遗臭万年? 这份答卷嘛,的确写得也不错。过吗?

过!

就这样,到京城参加六次会试的科举钉子户终于考中了进士。等到发榜那天,别人问他这次的恩师(判定考生合格的人)是谁,他却一脸不屑地答道:"好像是个无名小卒,叫什么王植的。"这句话传到了王植的耳朵里,他的心中唱起了无数次的"凉凉",并埋怨温叔平:"瞧瞧,我听了你的建议,让那小子通过了,结果还是遭来他的轻视和羞辱。"

这位牛哄哄的考生就是大名鼎鼎的龚自珍。他很狂,却有狂的资本。

从出身来说,他出生于浙江杭州一个世代为官的书香家庭。祖父、父亲都是进士,他们不仅官做得大,还有诗文集传世。母亲段驯知书达理,也能写诗作赋。外公段玉裁乃是清代著名的文字训诂学家、经学家。

从才华来说,龚自珍自幼就研究《经史》《大学》,十二岁跟随外公段玉裁学《说文》、目录学、金石学等,十三岁便写下《知觉辨》,十五岁便出版了诗集。

年少成名天下知,知识渊博众人识。

但是,学霸并不一定是考霸!

龚自珍在考试的路上走得很辛苦。两次乡试他都没考中,满腹才华与骨感现实的强烈反差,让他变得更加狂放,他甚至在考卷中忍不住骂考官。你们这些考官都是什么玩意儿!

后来,龚自珍好不容易中举,会试又接连失败。他只能凭借举人的身份和家庭背景，在京城担任基层小官，比如国史馆校对等。他一边广泛地阅读皇家图书馆的藏书和典籍，一边积极地准备会试，还抽空参加了《大清一统志》的修撰，写出了《西域置行省议》等见解独到的政论文。

第六次会试，龚自珍得到王植的"放水"。他看考官普普通通没名气，居然还不领情。在接下来的殿试中，他信心满满，仿效当年王安石的《上仁宗皇帝言事书》，写出了《御试安边抚远疏》，从各个方面论述了边疆的问题，观点直截了当，内容酣畅淋漓。龚自珍不禁得意扬扬，这水平，还不拿个状元？

现实却啪啪打脸，老兄，你好好看看你的卷面，跟小鸡爪子爬出来的一般。龚自珍的楷书写得太有个性了，简称两个字——难看！根本入不了主考官的法眼。殿试除了考内容，也考书法。古时候的文件全靠手抄，字不好，长官的心情就会不好，你的升职速度就不会快。所以，龚自珍的考试成绩被判定为三甲第十九名。无法进入翰林院。

二甲、三甲的考生想要进入翰林院，还得参加竞争激烈的朝考（选拔庶吉士的考试）。通过不了朝考的进士，也可以担任中央各部门里的基层小官员（主事）、地方上的知县等。

以龚自珍的书法水平，估计也没法通过朝考。所以，他一辈子被排除在了权力中心之外。唉，多么痛的领悟，书法让我终生孤独。没法进入翰林院成了龚自珍内心深处的痛。

一天，他去看望在朝廷担任高官的叔叔。两人原本正在聊天叙家常，突然有个刚被钦点为翰林的文人前来拜访他的叔叔。龚自珍只能起身，躲到隔壁。他趴在墙边，想听听翰林到底有啥高见。文人向龚自珍的叔叔表达了自己想要担任考官的想法，叔叔随即教导说："年轻人有上进心是好的，不过想要得到考官之类的差事，得勤学苦练书法，字迹必须端庄秀丽，笔画也得平正规范。"文人点头称是，连字都写不好，怎么评论别人的卷面？回去以后，我一定苦练书法。

一旁的龚自珍听到这样的对话，心中一阵刺痛和鄙视，什么玩意儿？翰林院是国家未来的人才储备中心，难道是书画院吗，还是表演系？他再也按捺不住内心的怒火，一边用力鼓掌，一边走出来讽刺道："翰林的学问，原来如此！"

前来拜访的文人脸色惨白，赶紧闪人。龚自珍的叔叔大怒，你这小子毫无城府，不知轻重，这种话怎能当着别人的面说？而且你偷听我们的谈话，成何体统？叔叔对龚自珍破口大骂，他负气出走，从此两人断了来往。

他想亲自为病梅疗伤

如果龚自珍能够低下头，做个老好人，凭借他的家族关系与背景，即便进不了翰林院，也可以混个不错的职位。可是，他天性耿直外露，对于自己看不上的人和看不惯的事，嫉恶如仇，不肯妥协。朝廷中的权贵同事们自然容不下他，咱们在这里嗑瓜子，他却在那里敲黑板，举世皆浊他独清，众人皆醉他独醒？什么玩意儿？

龚自珍成了被众人排挤的边缘人。

但是，他对待自己欣赏的人，则会以心交心，坦诚以待。得知好友林则徐前往广州虎门销毁鸦片，他异常兴奋，拍手称快，立即写下《送钦差大臣侯官林公序》相赠，并随手附赠豪华大礼包——一块珍贵的砚台。

龚自珍也在各个公开场合明确表示坚决支持禁烟行动。他早就看出鸦片交易的目的——洋人用这种东西来残害中国人，啃噬华夏民族的灵魂。他的观点也很"龚自珍"：买卖鸦片者，统统砍头；吸食鸦片者，统统吊死。

可是，最终，林则徐被贬，鸦片依旧横行；他自己被忽视，官职依旧原地踏步。想到多年的呐喊无人理睬，多年的努力无所回报，向来很有个性的龚自珍忍无可忍，决定辞官回家。

在此之前，他已经在苏州府的昆山买了一栋别墅。这座别墅空了十几年，现在该是它迎接主人的时候了。

离开北京，龚自珍一路走走停停，拜访朋友，游山玩水。到达镇江后，正好碰上当地人举行祭祀风神、雷神的重大活动，大家听说龚自珍来了，纷纷向他索要"签名"，为咱们的活动写首诗呗？

想起多年来的委屈，龚自珍挥毫如剑，写下了那首震撼人心的诗："九州生气恃风雷，万马齐喑究可哀。我劝天公重抖擞，不拘一格降人材。"社会已经到了不可挽救的地步，大家却都沉默不语。我劝老天要振作精神，不拘一格地重用各种人才。即便辞官归隐，龚自珍依然没有忘记文人身上的责任。

他在从北京南归的途中，写下了三百多首绝句，取名《己亥杂诗》，这是其中最有名的一首。

经过大半年的时间，他终于来到了自己的隐居地——海西别墅。他以艺术家的眼光与设计师的手法对这里进行了全方位、立体式的改造，花草树木、亭台楼阁，应有尽有。这美丽豪华的大别墅，没有一个有趣、文雅的名字怎么行？就叫"羽琌山馆"吧！羽琌山指的是昆仑山。在道教文化里，这里是神仙居住的地方，乃是"万山之祖"。龚自珍自称"羽琌山民"，我的后半生就在这里了，翻阅书籍，做个快乐的小神仙。

如果说别墅里还缺点什么，那肯定是他钟情的梅花。

于是，龚自珍从各个地方买来很多梅花，准备种在院子里。可是到货的三百盆梅花，要么枝干是弯曲的，要么叶子稀疏，好像整形医院里走出来的人，失去了天然之美。这都是商人为了卖个好价钱，故意修剪出来的。

望着清一色病恹恹的梅花盆景，忧国忧民的龚自珍想起了社会上的流行时尚风：为梅花"整形"。

江宁的龙蟠里、苏州的邓尉山、杭州的西溪地，都出产有名的梅花。大家都说："弯曲的梅花才是最好看的，笔直的就没味道了；梅花枝干倾斜才是最独特的，端正的就没情致了；梅花叶子稀疏才最具观赏价值，叶子茂密的话就没有特点了。"龚自珍感叹道："这些都是文人、画家们的错，因为他们喜欢看不正常的梅花。"这种审美标准引领了市场潮流，束缚了梅花的成长。普通人觉得达官贵人、文人画家们的喜好肯定是高雅的，结果全部跟风炒作。社会上渐渐地形成了一种不健康的风气，梅花越病态则被认为越美，越不正常越能引起大家的争相效仿。

装病的人成了"网红"，正常的人却成了"另类"。商人们都是逐利的，大家喜欢什么，他们就生产什么，故意砍掉梅花端正的主干，除去梅花繁密的叶子，摧残梅花的嫩枝，让梅花按照市场的需求生长，以便将来卖个好价钱。就这样，江浙一代的梅花盆景都以病为美，以曲为美。

龚自珍又想骂人了。

唉，医治不了社会，先治治病梅吧！他特意开辟了一处病梅馆，毁掉那些盆子，把梅花移出来，全部种在花园里；解开捆绑它们的绳子，让它们自由生长。如果能多一些时间和精力，他想把那些病态的梅花树全买回来，亲自为它们疗伤。

种梅花时，龚自珍不禁触景生情，想起了人生与国家。面对鸦片的侵入，国家束手无策，只能放任国民吸食鸦片，到处烟雾缭绕，到处是萎靡不振的人，犹如丧尸围城。全体文人沉醉在八股文中，不问世事，遍地都是磕头如捣蒜的奴才。为了控制文人的思想，堵住他们的嘴巴，朝廷又大兴文字狱，让人闭嘴，少发言。想说话，就得说假大空的话。到处都流行着畸形的审美，以丑为美，以放纵为乐，以虚伪、逢迎为智慧，以顺从、谄媚为时尚。我们的国家病得不轻，应该怎么医治呢？还有康复的可能吗？

无奈的龚自珍写下了著名的象征性散文——《病梅馆记》，用病态的梅花象征当时病态的社会。

　　1840年，鸦片战争爆发。沉醉在天朝上国幻想之中的大清王朝被人啪啪打脸。龚自珍当时正在江苏丹阳云阳书院、杭州紫阳书院等地方教书授徒，面对已经病入膏肓的国家，他再也坐不住了，准备亲自到上海参加抗击侵略者的战斗。

　　可惜，他在丹阳突发疾病，倒地身亡，留下了无尽的遗憾与悲愤。

参考文献

［1］高华平，王齐洲，张三夕译注.中华经典名著全本全注全译丛书：韩非子[M].北京：中华书局，2015.

［2］顾亦然，任闻杰选注.中国古代散文名篇[M].北京：人民文学出版社，2000.

［3］杨昊鸥.中国古代散文名篇导读[M].广州：暨南大学出版，2013.

［4］陈玉刚.中国古代散文史[M].北京：人民日报出版社，1998.

［5］司马迁著，陈曦等译.史记[M].北京：中华书局，2019.

［6］司马光.白话资治通鉴[M].北京：新世界出版社，2011.

［7］牛胜玉主编.初中必备古诗文[M].沈阳：辽宁教育出版社，2010.

［8］马高主编.高中文言文精解精析[M].合肥：安徽人民出版社，2011.

［9］唐文儒主编.高中必备古诗文[M].北京：光明日报出版社，2015.

［10］中华书局编辑部.名家精译古文观止[M].北京：中华书局，1993.

［11］中华书局编辑部.二十四史(共63册简体横排)[M].北京:中华书局，2000.

［12］刘义庆编著.世说新语[M].北京：作家出版社，2016.

［13］田余庆.东晋门阀政治[M].北京：北京大学出版社，2012.

［14］班固.汉书（全四册）[M].北京：中华书局，2012.

［15］陈振鹏，张培恒.古文鉴赏辞典（上下册）[M].上海：上海辞书

出版社，2014.

［16］陈玉刚．中国古代散文史 [M].北京：人民日报出版社，1998.

［17］梁庚尧．宋代科举社会 [M].北京：东方出版中心，2021.

［18］李兵，刘海峰．科举：不只是考试 [M].上海：上海教育出版社，

2018.

［19］薛金星主编．语文基础知识手册 [M].北京：现代教育出版社，

2022.

全国总经销

捧读文化
触及身心的阅读

出 版 人　古　莉
出 品 人　张进步　程　碧

特约编辑　师明月
封面设计　陈旭麟 @AllenChan_cxl
内文插图　大　杨
内文设计　张晓冉